JN057868

歌って踊れるサラリーマン海を渡る

原口　淳

東京図書出版

はじめに

68歳となり人生の春夏秋冬で言えば晩秋、忍び寄る冬支度の時期でもある。起承転結で言えば転がり続けた人生を締めくくる結びのフェーズ。

若い頃には頭の片隅にもなかった人生の終焉が視野に入る年齢となった。過去に特段の悔いはないものの、自分という存在は家族や友人、帰属した組織や社会に何か意味を成したのだろうか。人生の価値を測るモノサシとは何だろう。建てた家の大きさや金融資産の額ではなかろうと多少の負け惜しみを込めて思いたい。人は何歳まで生きたか、いくら稼いだかではなく、何を大切にし、どう生きたかだと思う。苦あれば楽もある喜怒哀楽の道中で、それがたとえ自己満足であったとしてもいくばくかの達成感と日々の営みにささやかな幸せを感じられたのであれば上等ではないか。

夢を持つ人生は楽しい。家族や友人の存在は人生を広くて深いものにしてくれる。自らの意志で取り組む挑戦と失敗の連続こそが自分を磨く。努力は裏切らない。考えることを怠ると人は馬鹿になる。考えるというのは試験問題を解くことではない。

自ら発した解のない問いに思考を巡らすことで考える力、即ち生きる力が備わる。社会で揉まれる中、時には見栄や背伸びも必要となる。しかし無理は所詮長続きしない。虚しさを感じたら等身大の自分に戻り、正直且つ簡素に生きるのが良い。前向きに生きる為に大切なのは、自分に正直な心と健全な自己肯定感だと思っている。子育ての基本でもある。親の愛情を滋養として子供の自尊心は芽生え、自己肯定感が育つ。

人生山あり谷あり、一人で生きていくには辛すぎる。家族や友人、社会との接点なしに生きていけないのが人間という社会的動物。人間はまた感情の動物とも言われる。理性と心だけで人間の行動を制御出来るならば、あらゆる犯罪や戦争も起きないだろう。しかし、人の行動は絶えず移ろいゆく感情に左右されるものである。これが厄介でもあり、人間のおもしろいところでもある。一回きりの人生なのだから、金持ちも貧乏人も、有名人も市井の人も、心にゆとりとユーモアを持って、自分らしく日々を楽しむべし。

はじめにもっともらしいことを書いたが、自分の人生を振り返ると、浅はかな行動による失敗の歴史であることに気付かされる。妻に言わせれば、「よく自己肯定感を失わずここまで生きて来れたわね」だそうだ。この際素直に妻に感謝しておこう。「私の数知れない失敗を修復し、時には未然に防ぎ、数少ない私の良いところを虫眼鏡で見つけ出し育ててくれてありがとう」妻の叔母は公言する。「あんた、よくぞ淳さんをここまで育て上げたわね」

そういう事のようだ。

年	個人年表	世界の出来事
1945年（昭和20年）		太平洋戦争終戦
1955年	5月24日伊万里市で生まれる	
1956年		日本が国連加盟
1958年	桜の聖母幼稚園入園、アメリカと出会う	
1960年		The Beatlesデビュー
1964年		米国ベトナム戦争介入
1967年	中学入学、Apples結成	
1969年		Woodstockと反戦運動

1970年	佐世保北高入学	Beatles解散
1973年		第一次オイルショック
1974年	横浜市立大学入学	
1975年		ベトナム戦争終結、MS社創業
1976年		Apple創業
1978年		サザンオールスターズデビュー
1979年	小西六写真工業（後のコニカ）入社	
1985年	欧州HQ（Hamburg）に駐在	MS社Windows発売
1986年		チェルノブイリ原発事故
1987年	イタリア（Milano）に異動	
1989年（平成元年）		ベルリンの壁崩壊、天安門事件
1991年	東京本社に帰任	
1995年		阪神淡路大震災、Win95発売
1997年	アメリカ駐在	インターネット時代到来

2001年		9・11（同時多発テロ）
2003年	コニカ、ミノルタ合併統合	
2005年	アメリカ統合会社の社長就任	
2008年		リーマンショック
2010年	日本帰国、Global販売本部長就任	
2011年		東日本大震災
2016年	コニカミノルタジャパン㈱設立、社長就任	
2019年（令和元年）		新型コロナ感染症勃発
2020年	同社退任	世界中にコロナ蔓延
2021年	愛犬Louを看取る、植木職人へ転身 横浜市立大学との再会、ギターを抱えて	

歌って踊れるサラリーマン海を渡る

——目次

第一章　戦後の昭和30年代〜生い立ち

両親について

フランスの哲学者デカルトは言った、「我思う、故に我あり」、幼少期に抱いていた大いなる疑問がこれだった。何故自分を他人と区別して認識出来るのか不思議でならなかった。Beatlesに憧れ、どうして自分はイギリス人に生まれなかったのかと嘆きつつ、じゃあ今日からJohn Lennonに生まれ変われるとしたらどうする？　やはり佐世保のノボセモン（お調子者）という自分を放棄できない。妥協案として中学時代に結成したApplesというバンドでJun Lennonと名乗って今でも活動している。

人の人生に最も大きな影響を与えるのは親の存在だ。両親について簡単に触れておこう。太平洋戦争に軍人として巻き込まれ翻弄された父の人生観は、私などがぼんやり抱く人生観などとは全く違うものであったと想像する。「この世に地獄は存在する。国や社会の

昭和

有り様などあっという間に変貌する。世の中に絶対に信じられるものなどない」
読書とクラシック音楽が好きで、時折バイオリンを弾き、唐突にダジャレを発する親父は、若い頃上京し大田区の蒲田で会社勤めをしていた。本来はサラリーマンとして植木等的将来を夢見ていた筈。しかし、召集令状が届き、その後の人生は大きく変わる。
親父の心の底には世の不条理に対する恐れと怒りが沈殿していたに違いない。

母は生誕直後に親戚に里子に出されて育ち、そのことを知ったのは高校生時代。両親には生涯会ってない。母を引き取った叔母夫妻が私のじいちゃん、ばあちゃんだった。じいちゃんにはよく遊んでもらった。母も最期まで育ての親の面倒をよくみた。母なりに実の両親への思い、寂しさもあったのだろう、私達兄弟に対し一心に愛情を注いだ。

親父は従軍中の戦地で両親の訃報を受け取り、ジャングルに身を潜め泣いたそうだ。両親の葬儀は伊万里の親戚に世話になり、戦争から生還した時にはその親戚の娘婿になる縁談が組まれていた。その親戚は伊万里で建設業を営む名家で今でも大きな建設会社に発展し存在している。長男である親父は、両親の死に目に会えなかった無念さもあり、家名を途絶えさせることを良しとせず、親戚の縁談を断り母との縁を得て結婚した。兄と私の誕生後佐世保に移り自ら土建屋を始めた。伊万里の親戚との縁談が成立していたら私達兄弟はいなかった。Good job, 親父！

父は享年92歳、母は57歳で亡くなった。母が末期がんで入院中に私と妻の結婚が決まった。母も車いすで出席する予定だったが、希望叶わず結婚式の1週間前にこの世を去った。母の葬儀を済ませ、1週間後に母への報告との思いを込め結婚式を挙げた。

アメリカとの出会い

両親は何を思ったのか、兄と私を〝桜の聖母幼稚園〟という教会が運営する園に入れた。そこには日本人の子供達と共に佐世保米軍基地に勤務する米人家族の子供達も多く通っていた。勿論クラスは別だ。日本人の園長と共に、アメリカ人修道尼の園長がいた。園内には教会の礼拝堂があり礼拝堂の中央部には畳が敷かれていた。そこを転がって遊んではシスターに怒られた。シスターはおそらくアイリッシュ系で、鷲鼻の赤ら顔は天狗に見えた。ある日風邪で熱を出し医務室に寝かされていた時、シスターがやってきて氷嚢で頭を冷やしてくれた。口調は優しいものの顔は相変わらず真っ赤で怒っているように見える。

やがて父がオートバイで迎えに来た。「センキュー、センキューベリーマッチ」と叫びながら私をオートバイの後ろに乗せて連れ帰った。

ミッション系幼稚園には特別のお楽しみがあった。毎年クリスマスになると、その時期に佐世保港に停留している空母や時には潜水艦に招待してくれるのだ。艦内でケーキとジュースをご馳走になり、おもちゃやお菓子が入ったお土産をもらう。嬉しかった。

クリスマスシーズンになるとサンタの帽子を被ったアメリカ人のオジサンが我が家にフライドチキンを持ってきてくれた。このサンタさんは米軍基地の厨房で働くコックさんで、母の同級生であった日本人女性と結婚しており、時々我が家に顔を出していた。米人コックさんが料理したフライドチキンは格別だった。例によって父が佐世保弁なまりの「センキュー、センキュー、ハーワーユー？」と笑顔でチキンを受け取り米人コックさんと握手していた。

戦後に米軍が駐留する佐世保で暮らし日常生活でもアメリカ人と接触の機会がある状況を父はどう思っていたのだろうか。

父は戦争初期と末期の2度招集され、2度目は補給部隊の軍曹だった。馬にまたがる凛々しい若い父の写真が残っている。敵と撃ち合ったというような勇ましい（？）話は聞いた覚えがない。戦友の多くが戦闘ではなく、飢餓により亡くなったという話を記憶している。戦争末期は物資不足で日本軍は撤退しながら餓えに苦しんでいたのだ。戦場に送られる将兵は強大なアメリカ軍と戦う以前に日本軍司令部の無知無謀と闘っていたのではないか。故に、父はアメリカ人に対する敵意や恨みを引きずることはなく、むしろ日本国指導者の間違いにより変貌した日本社会の有り様に不信、無念、自戒の念を抱いていたのではないかと推量する。

話を戻そう。佐世保は基地の町だ。市のあちこちにアメリカが存在していた。友人の中にも親が米軍基地勤務、米兵向けの飲み屋や土産物屋を経営する家は普通にあった。また米軍の下士官は我々が住む町中に借家住まいすることも珍しくない。彼らの家に遊びに行き、コーラをご馳走になりレコードを聞かせて貰った。

Far East Network（FEN）＝米軍極東放送というラジオ放送が流れており、60年代ロック音楽をリアルタイムで聞ける環境に大きな影響を受けた。小学までは加山雄三一辺倒だったが、中学に入ると友人の影響もあり洋楽志向に変わり、洋楽を歌う為に英語を勉強した。

小学生の頃の楽しい記憶はあまりない。むしろ暗黒の時代だった。当時の私は二つの問題を抱えていた。一つはＡＤＨＤ（多動性注意欠陥症という発達障害の一種）で、今では日本でも認知されているが、私の幼少期にそんな認識は世の中にない。

どんな障害かというと、じっとしていられない。常に貧乏ゆすりとか体のどこかを動かしたり触ったりしている。何かに夢中になると他の事が見えなくなり、モノを壊したり、怪我をするといったことが頻繁に起こる。佐世保は坂道が多く、坂道沿いの家はどこか一方の面が崖となっている。家の裏側は３ｍくらいの崖になっており、木の塀で囲われていた。４〜５歳の頃、その塀によじ登ってグラグラする感じに夢中になっているうちに塀が折れ、裏の崖下に真っ逆さま。幸い大けがはしなかった。

遊び場だった小児科の裏庭で、側転に夢中になりクルンクルンとそのまま庭先の崖を頭から転げ落ち気を失ったこともある。気が付くと小児科の診察室のベッドに横たわり、顔は腫れあがり、頭にはミイラのように包帯を巻かれた私を、母が心配そうに眺めていた。

公園で転び、瓦礫で左目の上をざっくり切って10針縫ったことも。少しずれていたら失明だ。子供が転んでひざを擦りむくというのは普通だが、10針縫うような転び方や、崖を頭から転げ落ちるという行動が母親には理解できない。自分でも分からない。

ある日曜日、友達とサイクリングに出掛けた。自動車道路（バイパス）の長い下り坂を自転車でスピードを出すとハンドルが揺れ始める。その揺れの感覚に夢中になりスピードを上げ過ぎコントロールを失い自転車ごと横転。数十メートルすべり止まった時には右腕の骨が折れ変形している。トラックに轢かれなかっただけでも幸運だった。

これら問題行動の原因が発達障害であるとの認識はないものの、自分は何か変だぞとは思っていた。

もう一つの問題は鼻づまり。小学の頃から鼻づまりがひどくなり鼻呼吸が困難になり口呼吸しか出来なくなった。毎日学校が終わると耳鼻科通い。治療後の一瞬は鼻が通りスッキリするが、1時間もすれば元通り。夜寝る時も口呼吸が苦しく上手く寝付けない。脳に十分酸素が行かないので妄想が起こったりもする。寝付けないのでイライラして癇癪を起こし、叫び出してしまう。その状態を見て母は〝狐憑き〟を疑った。夜中に叫び声をあげる度に私は父に庭に叩き出された。これが毎日そして何年も続いた。本当に辛かった。

原因は鼻中隔湾曲症といって鼻の左右を隔てる壁のような骨が片側に曲がっている為、片側の気道を塞ぎ炎症を起こし鼻づまりを起こすというものだ。治療としてはこの鼻中隔の骨を削って塞がった気道を確保するのだが、成長期にある子供では手術してもその後変形するので、ある程度頭部の骨格形成が落ち着くまで待つ必要があった。結局中学2年の時に手術してその後は鼻づまりも解消し、精神的にも安定方向に向かった。

ＡＤＨＤと鼻づまり（酸欠）による癇癪行動との相乗悪効果が無くなり、問題行動は収まるが、へそ曲がりとのぼせ症の性格は直らず友達にも被害を与えた。

友人宅で遊んでいるとき、いつものぼせ（ふざけ）が過ぎてソファーから転げ落ち、友人の買ったばかりのギターのネックをボキッと折ってしまった。それ以来私はネックブレーカーと呼ばれ、それを許してくれた友人は佐世保のガンジーと呼ばれた。

落ち着きのない子供はよくいるが、私の場合ちょっとレベルが違っていて自分でもなんかオカシイと気付いてはいた。息子にも同様の傾向があり、アメリカの学校に通っていた息子は学校で検査を受けＡＤＨＤ陽性の結果だった。同じ検査をやってみると私の方が重症。

大人になれば落ち着くと期待していたが、期待は裏切られた。

田舎のシティボーイApplesを結成

中学に入るとその後の人生に大きく影響を与える友人に出会う。

まずは、小学からの幼馴染であるＩくん。彼は勉強が出来る秀才で、優しい人柄からいつも学級委員に選ばれていた。因みに私は学級委員に選ばれたことはない。

家が近く坂道を走って下れば1分の距離に住んでおり、いつも一緒に遊んでいた。私がサイクリングで腕を折った時も一緒、私が暴れてネックを折ったのは彼の買ったばかりのギター。私の問題行動を常に側で見守り、そして迷惑を被ってきた佐世保のガンジーがIくんだ。彼は200m走を得意とするスプリンターで、市の大会では常に上位入賞。陸上部のキャプテンとして活躍していた。私も3種競技（走り高跳び、三段跳び、もうひとつが思い出せない？）の選手として陸上部に所属していたが、練習しないので記録は3年間全く伸びなかった。

次に、中一で同級生となったエーボことOくん。小学校まで別だったので、初対面。彼は運動神経がよくバスケ部で活躍し、3年の時はキャプテンとして市の大会で優勝している。頭も良く勉強は出来るが、秀才というより芸術家肌。好き嫌いがはっきりしていて、興味がある事にはもの凄い集中力を発揮するものの、興味が無い事には全く見向きもしない。これは人に対しても同様だった。彼は洋楽好きで知識も豊富だったので、彼を通して私も洋楽の魅力にのめり込んでいった。私が初めて買った洋楽レコードは、Beatlesの*Hey Jude*とStonesの*Honky Tonk Women*のシングル盤。エーボと行った初売りでのことだ。

これらの曲はApplesのレパートリーとして今でも演奏する。

そしてNくん。彼とは幼稚園が一緒で、小学校が別だったので6年ぶりの再会。彼は男3兄弟の末っ子で小学時代から腕白坊主で有名だった。彼は中学では野球部のキャプテンを務め県大会に出場している。彼の三つ上の兄がバンドを組んで活動しており、その影響を受けて我々も前記の4人でApplesというバンドを結成した。

Nはお兄さんの影響もあり、ベトナム戦争やバングラデシュの飢餓など当時の世界の社会問題に対する意識が高く、理屈に合わない既存ルールへの反発心も強かった。教師にとっては厄介な生徒だった筈だ。統率力、行動力がありバンド活動の原動力だった。彼のお父さんは会社の社長さん、お母さんは旅館をやっており、旅館の奥の方に家族の生活スペースがあった。一番奥にN兄弟の部屋があり、我々の溜り場兼バンド練習場所として騒音を響かせていた。N（兄）バンドメンバーやその友人の高校生の先輩たちとの交流の場にもなっており、随分悪いことも教えてもらった。その中の一人に今や著名人となった村上龍さんがいた。龍さんはシーラカンスというバンドでフルートを吹き、ドラムも叩いていた。

佐世保には日帰り登山が可能な山がいくつかあり市の中心を取り囲んでいる。また国立公園に指定される九十九島の美しい海がある自然豊かなところだ。山でキャンプをしたり、海では伝馬船（艪を漕いで進む小舟）を操り無人島で釣りや海水浴、ＢＢＱを楽しんだ。私は兄が買ったばかりのリール付き釣り竿を伝馬船から落とし海底に沈めてしまった。お兄様、申し訳ありましぇんでした。それ以来竿釣りは止め、手製のモリを使った素潜り漁を得意とした。

そういう自然の中で遊ぶこともあったが、Applesメンバーは市の中心域に生息していたので、言わば田舎のシティボーイだった。女子にモテる為という純粋且つ壮大な目的を胸にApplesは結成されたが、その目的は達成されないまま我々は音楽にのめり込んで（逃げ込んで）いったのだった。

□Applesメンバー構成
ギター：ジョージＮ、ジョージ・ハリソンではなく、常にＮという意味で常時Ｎ。
ベース：ポールＯ、ポール・マッカートニーではなく、指パッチンのポール牧が由来。
ドラム：リンゴＩ、リンゴ・スターではなく、単にApplesのリンゴの意。
ギター：淳レノン、ジョン・レノンから拝借。自分だけかよ？　ゴメンゴメン。

ボーカルは私がジョンのパート、エーボがポールのパート、NはBeatles以外の渋い曲を歌っていた。

Woodstockの衝撃

１９６９年にアメリカNY州山中の広大な農園で当時ヒッピー化していた若者40万人が集まり、３日３晩「Peace & Love」をスローガンとしたロックコンサートが行われた。

その記録映画を当時中学生だった私は佐世保の映画館でApplesの仲間たちと一緒に観た。

その衝撃は凄まじく、ロック音楽とロックミュージシャンの魅力に打ちのめされた。60年代後半のアメリカは、長引くベトナム戦争の泥沼から抜け出せず、国全体も厭戦ムードが漂い、若者たちは反戦の意思表示を込めてWoodstockに集まった。

多彩なミュージシャン達の生み出す音楽の独自性、創造性、パワーは圧倒的で、ロック音楽のエネルギーとスピリットが最も輝いたイベントだ。ジミヘン、ジョー・コッカー、CSNY、ザフー、サンタナ等々時代を代表するロックミュージシャンの狂気すら感じさせるパフォーマンスは未だに色あせることはない。私がロック音楽に目覚め、憧れ、のめり込んでいった原点はWoodstockの衝撃である。

何故それ程あの時代の若者の音楽に魅力があったのか、そのきっかけを作ったのはThe Beatlesだろう。彼らの活動期間は短く1962−1970年の8年間で、Woodstockの頃は既に解散前夜だ。彼らが世界の若者に影響を与えた音楽革命を一言で言うと「自作自演」だ。

Beatles以前の音楽業界はタレントとしての歌手がいて、楽曲はプロの作曲家、作詞家が提供していた。プロが作るヒット狙いの楽曲は大衆迎合の趣が強く、多様性、独創性に欠けていた。そこに風穴を開けたのがBeatlesだ。自分達で演奏し、歌う曲を自分達で書き始めたのだ。短期間の活動にもかかわらず数多くの素晴らしい楽曲を生み出した彼らの才能と業績の偉大さは言うまでもないが、彼らが世界中の若者に発信した「ギターコード覚えたら曲作れるよ」というメッセージのインパクトはその後の音楽シーンを激変させた。

Beatlesに触発された世界中の若者たちが身近なギターや鍵盤に向かい、自ら詩を書き、メロディーを奏で歌い出したのだ。Woodstockで活躍した多くのミュージシャンもそうしたいわば自己流パフォーマーだ。そのことが却って粗削りであっても個性的で形式に捉われない自由で多様性のあるロック音楽を生み出していった。

これが60年代後半から70年代前半に生み出されたロック音楽の魅力だと思う。

しかし、どんなに革新的なものでも時と共に模倣とパターン化が繰り返され陳腐化していく。個人的な意見だが、ロックの神髄、スピリットは60年代後半－70年代前半の10年程度の特有な時代背景、環境から生まれそしてそこで終わったと思う。

勿論、それ以降も個々には素晴らしいミュージシャン、楽曲は生まれているが、創成期のロックのみが持つ唯一無二のスピリットは終わった。その事を裏付ける話を続ける。

全米の累計アルバム売上ランキングで1位はEaglesのベストアルバム（ヒット曲の寄せ集め）。2位はマイケル・ジャクソンのスリラー。3位はEaglesの*Hotel California*だ。アメリカ人がどれだけEaglesが好きなのかが分かる。そういう私もEaglesは大好きで、アメリカ駐在時代も事あるごとに*Hotel California*をアメリカ人と一緒に歌った。同年代でこの曲を知らないアメリカ人はいない。特にBaby Boomer世代に圧倒的に人気がある。

アメリカのベビーブーマーは60年代に思春期を過ごした元ヒッピーのWoodstock世代。彼らの青春時代は反戦、反経済至上主義を唱えロックに傾倒した世代。しかし、ヒッピー文化からは何も生まれなかった。大学を卒業し、現実世界に向き合った彼らは髪を切り、スーツに着替え、ある者はウォール街へ、ある者はＩＴ業界へ身を置き中流階級への道を歩んだ。この若者の変化はそのままロックスピリット変調と同期している。丁度その頃

1976年にEaglesは*Hotel California*のアルバムをリリースした。ちょっと憂いに満ちたこの曲の歌詞を紐解くと、なる程ベビーブーマーの心をくすぐるのは納得。

Eaglesがこの曲を書いたのは、メキシコにあるHotel Californiaという小さなローカルホテルだ。私もここを訪ねたが、1番の歌詞はこのホテルに辿り着く海岸沿いのハイウェイやホテル周辺の教会から聞こえてくる鐘の音等の情景をかなり正確に描写している。

ベビーブーマーをはっとさせる歌詞は2番。今やティファニーの宝石を身に着け、メルセデスに乗る彼らが、若い頃に夢中になったロックという自己表現Identityのスピリットを1969年のWoodstockに置き忘れてきたことが比喩的に歌われている。

Eaglesのアルバムジャケットは Mexicoのホテルではなくハリウッドのビバリーヒルズホテル（超高級）で撮影されている。

ハチャメチャ高校時代

Applesメンバー全員が同じ高校に進学したこともあり、バンド活動は続き、音楽仲間も増え演奏する楽曲の幅やレパートリーは広がった。SくんがドラムでIくんはキーボードに転向した。Sくんは背が高く松田優作似だった。Sくんとは横浜で大学が近かったこともあり、大学時代にも一緒にバンドをやった。

高校時代のハチャメチャエピソードを思い出すままに書いておこう。

□丸刈り事件

佐世保北高という進学校には、当時はまだ古臭い校則が残っており学生帽を被れ、詰襟は留めよ、男子生徒の髪型まで規制していて、毎朝教員が校門前に立ってチェックしていた。今では考えられないことだが、当時はこんなバカげたことを大の大人が真剣にやっていたのだ。ある朝、私は生活指導の教師に呼び止められた。「原口、なんだお前のそのキノコのような頭は」「これが有名なマッシュルームカットたい。先生、知らんとや」と振り切り登校した。その日の放課後、Rくんというヤンチャな友人と二人でIくんの家に行き、2階の廊下に新聞紙を広げ、手動のバリカンで長髪をバッサリ切り落とし丸刈りにした。この時もIくんを困らせた。Iくんは、「ほんとに切るばい。切ったら直ぐには生えて来んぞ」と言いつつ、言い出したら聞かない困った友達に戸惑いつつも散髪してくれた。

Iくん、いつもすまんね。

翌日、切った髪の毛を新聞紙に包んで登校し、Rと二人で校長に面談を申し入れた。

「毎朝校門で生活指導の先生が男子生徒の髪の毛の長さをチェックするという愚行を止め

て欲しい。そんな無駄な時間が先生たちにあるのなら、英語教師の発音を英語らしく矯正したらどうか。金輪際我々の髪型や服装に関しとやかく言わんでもらいたか」と校長に直談判した訳だ。校長は目を丸くして我々の坊主頭を見つめていたが、私の目の据わった形相に圧倒されたのか、「分かった。君たちのその真っ直ぐな行動に敬意を表する。髪の毛は私が預かり金庫に仕舞っておく」と訳の分からないことを言いつつその場を収めた。それ以降、私の髪型や服装に関し教師から注意を受けることはなくなった。

この〝丸刈り事件〟は校内ではちょっとした評判となった。私の同級生にヤクザの息子Xがおり、学校にドスを持ち込んでいた。そのXが、「原口、お前は男らしか。気に入った。今週の土曜日にZ高校と出入りがある。助っ人に来てくれんや」とのお誘いを受けた。勿論丁重にお断りした。その後もXに付きまとわれ面倒だった。

体育の柔道の時、私はXに言った。「試合しよう。俺が勝ったら二度と付きまとうな」結果は引き分けで負けはしなかったものの、内容的にはXの優勢勝ちだった。私が思ったほど強くなかったからか、それ以降は付きまとわれなくなった。

Applesメンバーの蛮行は続く。歩行大会ではN一派が途中から定められた進路を外れ、飲酒の上ゴールもせず帰宅。因みにNは下戸だが、私を含めその仲間たちは高校時代からのん兵衛で何かにつけて当然のように宴会をやっていた。

体育祭の練習時友人の一人が体育教師からビンタを食らった時も、Nが「なんばしよっとか」と大声を張り上げ教師に詰め寄ると、一派が「教師は生徒を殴ってよかとか」と押しかける。体育の教師も最後は「暴力は悪かった」と認めその場は収まるが、体育祭終了後のキャンプファイヤーでその教師が上っていた教壇を叩き割って燃やした。

問題を起こす度に親が学校から呼び出される。実は佐世保北高の前身は正徳女子学園という女子高で母の母校だった。Nくんの母親はその後輩という間柄。原口、N両家の母親が電話で相談し、子供の問題でいちいち学校に呼ばれても困ると筋を通し(?)応じない。I家では、Nさん、原口さんが行かないのに巻き添えを食っている自分だけが行く訳にはいかんとこれは道理。O家に至ってはそもそも学校からの電話に出ない。

この親にしてこの子あり。Applesメンバーとその一派が卒業した際は、さぞや教師たちは喜んだことだろう。

うちの親父は私が中学の時に原口建設を閉じた。小さな土建屋で受注の多くは佐世保重工業（SSK）からの下請けだったのだが、仕事の分配を差配する立場の人間と折り合いが悪く、仕事を干されたのだ。親父は人間関係には不器用な人でヘラヘラとゴマすりが出来なかったことは容易に想像出来る。その仕事差配人の男が地元では有名な料亭旅館の美人女将と伊万里のおくんちにお忍びで来ているところを原口一家が目撃した。このFRIDAY目撃事件こそが原口建設を追い込むことになった発端であるというのが私の見立てだった。親父に話すと、お前も見るとこ見とるなと褒められた。その後親父は福岡の会社に職を見つけ、出稼ぎがしばらく続いた。

港町ブルース

高校時代、私は勝手に家の経済事情を斟酌し、自分は大学進学をせずMusicianの道を進もうと思っていた。Nくんの兄とその音楽仲間が上京してバンド活動を行っており、そこに参加するつもりだった。高三の夏、神戸大学に通っていた私の兄が夏休みで帰郷した際、「淳坊、お前も大学に行け。その上でバンド活動すればよか。大学生は楽しかぞ」と親に頼まれて私を説得してきた。更にN兄も、「どこか大学に席を置いた方がよか」と言ってきた。N兄の忠告はハシゴを外されたようで効いた。その時点で受験準備を怠っていたので、受験科目数が多い国立は断念し東京圏にある公立校の横浜市立大学に的を絞り、それから数か月猛勉強し合格した。軍港佐世保で育ち、兄は神戸、弟は横浜と港町ブルースブラザーズなのだ。

大学時代は親からの仕送りには頼らず、アルバイトと奨学金でやり繰りした。以下がアルバイト歴である。

家庭教師
塾の講師
ヤマトの配達員（お中元、お歳暮）
配送センターでの内勤
鶏肉精肉業者の配達員
椅子取り付け職人
伊勢佐木町パブの皿洗い
リクルート社の広告営業
分譲住宅の抽選券代理獲得

中でも最も安定的に稼げたのが、京浜配送という三越系の配送センターで、当時としては最新鋭の物流装置が導入されていた。商品をベルトコンベアで流し、商品伝票の住所を人間が読み取り住所に割り振られた番号を端末に入力することで、住所毎に商品がドックに自動で振り分けられるというものだ。私はその設備の核となるキーパンチャーの職を得た。先ず、住所の記号を暗記する必要がある。磯子区11番、港南区12番、と続く。目は伝票の住所を追いながら、右手はブラインドタッチで暗記した番号を打ち込んで行くスピード勝負の仕事だ。興味を持った私は昼休みにその社員にシステムの概要と仕事の内容を聞き取り、住所と番号の対応表をコピーして帰った。住所変換番号を暗記したことを伝えると、試しにキーパンチャー席に座らせてくれた。社員立ち合いで少し商品を流してみると、ブラインドタッチで正確に打ち込めた。当時のハイテク装置とはいえ、今日と比べればローテクだ。住所をスキャナーではなく人が読み取り対応番号をキー入力する訳で当然ミスは起こる。各ドックに住所入力ミスの商品を戻すコンテナが設置されており、キーパンチのスピードと共に、そのミス入力の多い少ないもキーパンチャーの能力評価のポイントだ。ベルトコンベアに商品を載せていくのも人の仕事で、主に東北の農家から力自慢の出稼ぎオジサンがきてやっていた。このおじさん達との連携も大切だ。もたもたしていると下から怒号が飛ぶ。入力ミスが続くとドックからも怒号。なかなか大変な仕事だった。仕事の後は毎晩、出稼ぎオジサン達に立ち飲み屋で安酒（ホッピー）をご馳走になった。

鶏肉卸業者の社長さんは横浜市大のOBだった。私は配達と同時に集金も任されていたが、ある日100万円以上入った革の集金バッグを車の屋根にポンと置いたまま、そのことを忘れ鶏肉を配っていたことがある。次の集金の店で気付き大慌てで屋根を捜すと、あったのだ。鶏肉の脂でべたついていた為滑り落ちずにいたのだ。胸を撫で下ろした。別の日、配達時に狭い道に飛び出ていた松の太い枝にトラックの荷台コンテナ上部をぶつけ、松の枝は折れ、トラックも破損。この仕事はADHDには無理と判断し辞めた。OB社長さん、ご迷惑をお掛けし申し訳ありませんでした。

もうひとつ忘れられないのが椅子の取り付け職人の仕事。劇場や学校のホール等現場は大きくかなりの重労働で、それを親方と弟子バイト含め総勢3－4名でこなすのだ。有名どころでは明治座も手掛けた。アルバイトとはいえかなりの金額を貰った。この親方は末期胃癌を患っており、仕事中に時々痛みで倒れこむ。仕事を終えると高輪の自宅で一緒に夕食をご馳走になるのだが、親方はビールを欠かさない。奥さんも親方の具合を案じつつも、止めようとはしない。昔気質のThe職人だ。後を継がんかとのお誘いを受けたが辞退した。

この多種多様なアルバイトの経験を通して、世の中にはいろんな仕事があることを知る。どの仕事が無くても誰かが困る。どんな仕事も尊く、仕事に優劣はないという信念を持った。

肝心のバンド活動だが、結論としては悲惨だった。今でこそJポップ、Jロックのジャンルも確立し、数多くの才能ある日本人Musicianが世界の舞台で活躍しているが、当時はグループ・サウンズと呼ばれるバンド系も歌謡曲ジャンルに属し、我々が志向するロックとは大きく異なるものだった。吉田拓郎、泉谷しげるといったフォーク系シンガーソングライター、井上陽水、チューリップがメジャーになり始めた頃だ。

N兄バンドも一応音楽プロダクションに所属し活動していたが、仕事の多くは当時店舗数を拡大していた西友のオープニングイベントでウルトラマンショーとか、演奏より着ぐるみを着て子供の相手をしている方が多かった。

アメリカ一周グレイハウンドの旅

ロンドンやアメリカを中心としたロック音楽に取りつかれていた私は夢を捨てきれず、

アメリカグレイハウンドの旅に出かける。アルバイトで貯めた資金で往復の航空券とグレイハウンド2か月周遊券を購入。後は行き当たりばったりのバックパッカーの旅だ。

サンフランシスコからシアトル経由でカナダバンクーバーに北上、カルガリーを経由しカナダを横断、バッファローでナイアガラの滝を観、ニューヨークに立ち寄り、そのままニューオーリンズへ南下。セントルイスやラスベガスに寄りながらＬＡまでアメリカ横断。

夜行バスをホテル代わりに、３日に1泊はＹＭＣＡか安宿を探し宿泊。食事はグレイハウンドのターミナルでサンドイッチかマクドナルド。バスの中で知り合った友人を訪ね、食事をご馳走になったり、貧乏旅行の醍醐味を味わった。楽器屋を回り、Doobie BrothersやThe Bandといった憧れの大物Musicianを筆頭に多くのライブを観まくった。

この体験を通して得た結論は、「自分が好きな音楽は英米発祥のロックだ。その魅力は労働者階級の家庭で育った若者が抱く社会の矛盾や欺瞞に対する怒りや欲求をギター一本でストレートに表現するところにある。Ｒ＆Ｂやブルースといった黒人音楽をルーツとし、Beatlesを始め多くのロックミュージシャンは黒人音楽に影響を受けている。残念ながら、日本人の自分がそのロックを体現出来ないことを自覚する北米の旅となった。大好きなロック音楽は大切な心の糧として一生付き合って行こう。一方、当時のアメリカは開拓精神が息づいており、誰にも成功の機会がある魅力のある国に映った。私はアメリカで働ける仕事を見つけ戻って来よう」という新たな目標を胸に帰国する。「I shall return.」

未熟な若者の夢は破れたものの、一社会人として地に足つけて生きていこうという前向きな気持ちが定まった。

同じ年の夏、母が脳腫瘍を患い2度の大手術を受けた。私は帰郷し、入院先で母のベッドの横にせんべい布団を敷いて寝泊まりし、看病をした。Billy Joelが*Stranger*というアルバムをリリースし、看病中にラジオで聞き衝撃を受け、ギター小僧だった私が洋楽シンガーに転向するきっかけとなった。彼もまたBeatlesに影響を受け、自分で曲作りを始めたと語っている。ロックも所詮は音楽業界という商業主義から完全に切り離すことは出来ない。それでもミュージシャンが自ら作り出す音楽には魂がこもる。実体験をベースにした歌詞はリアリティがあり、メロディーラインや演奏スタイルはみな自由で個性的だ。

自由で個性的な音楽が日本でも生まれることを期待し、私は日本の音楽業界で働きたいと思い、日本のレコード会社への就職活動を始めた。１９７８年当時の日本社会は就職難の状況にあり、レコード会社の採用枠はどこもゼロ。結局音楽業界への就職は諦め一年留年した。

　翌年アメリカで働くチャンスが大きい輸出商材を持つメーカーにターゲットを変えてチャレンジした。結果として複数の大手メーカーから採用の連絡があった。その中の一社である小西六写真工業（コニカ）という１００年以上の歴史を持つ老舗の精密機器メーカーのみが補欠内定だった。補欠と言われると無性にそこに入って見返してやるという気持ちが強くなり、他を断りコニカからの繰り上げ当選を待った。待った甲斐あり入社が決まり、海外進出という目的の第一歩を踏み出すことになる。


　卒業と就職を目前に控えた大学5年生の夏、自分の目標であるアメリカでの成功という夢をより具体的なものとしてイメージする為、２度目のグレイハウンドの旅に出た。

　今回は佐世保北高の先輩であり、洋楽の師匠でもあるMさん（通称マンちゃん）、そしてIくんと共に３人での旅だ。マンちゃんの英語は本物で、音楽のみならずアメリカのサブカルチャー知識も豊富なので、アメリカの旅をより深いものにしてくれる頼もしいパートナーだ。Iくんは私が何かやらかす時は付き合う羽目になっているので、今回も有無を言わせず「Iくん、マンちゃんと一緒にアメリカ行くばい」。

「あ、そうや。いつから？」という具合だ。

この3人の珍道中は予想通り実に楽しい旅となった。

Greyhound バスの道中、老齢のインディアン夫婦にマンちゃんが声を掛けられた。「You have beautiful wife.」マンちゃんの隣に座っていたのはIくん。当時Iくんはアフロヘアにしており、それは黒人女性によくある髪型だった。彼は色白でスプリンターだったきれいな脚にはすね毛が生えていない。Beautiful かどうかは別として、髪型と脚だけ見れば女性と間違われてもおかしくない。それ以来、Iくんはマンちゃんの妻という隠された過去を伏せながら生きている。ここだけの話なので、誰にも言わないで頂き度。

サンディエゴのグレイハウンドバスターミナルで若い日本人女性に声を掛けられた。彼女は上智大の学生で現在留学中とのこと。久々に同年代の日本人旅行者に会ったので話がしたい。良かったら家に来ませんかと。我々は Coors の6パックとコーンチップを購入し、お邪魔することにした。ビールを飲みながらしばらく雑談していたのだが、彼女は落ち着かない様子。そのうちこれから仕事があるからと追い出された。なんか変な事言ったかなと腑に落ちない私とIくんに、年上のマンちゃんが「彼女は Street girl かもしれんよ」と言った。我々をお客として招待したのに、それに気付かず世間話を続ける田舎旅行者に愛想をつかしたというのがマンちゃんの大人の見立て。Eagles の *Lyin' Eyes* の歌詞を想い浮かべてちょっと切ない気持ちになった。夢があってアメリカまで来たのだろうに。

旅の終盤ＬＡではハリウッドのモーテルに宿を取り、マンちゃん運転のレンタカーでサンセットＢＬＶＤをドライブ。その時ラジオから流れてきたBob Dylanの新曲に我々は歓喜した。「カッコいい！　バックバンドはThe Bandではないな。ギターが上手過ぎる」云々。

結局、その曲はディランではなく、Dire Straitsのデビュー曲*Sultan of Swing*だった。

初めてその曲を聴いた我々は知らなかった。マンちゃんの記憶によれば、その夜Hollywoodの有名なライブハウスTroubadoursでDire Straitsのショーが看板に表示されていたとのこと。知っていれば間違いなくデビュー当時のライブを観に行った筈。残念至極。

そんなこんなの珍道中の最後に、マンちゃんはマーチンのギターを購入した。ちょっとボディが大きく、深い音色のする素晴らしいギターにマンちゃんは一目ぼれした。

買ったばかりのそのギターを持ってサンタモニカの海岸沿いに腰を下ろして弾いていると、なんとそこにフュージョンギタリストとして日本でも非常に人気のあったLee Ritenourが現れたのだ。近くに音楽スタジオが在り、そこでレコーディングをやっていたとのこと。

少し話をし、一緒に写真を撮り、ノートにサインをしてくれた。

旅の最後に素晴らしい思い出となった。

マンちゃんはその後一人残ってサンフランシスコに向かい、Ｉくんと私は帰国した。

大好きな音楽が身近にあるアメリカの暮らしへの憧れを再認識し、最早それは目標ではなく時間の問題であり、絶対に手に入れてやるという強い意志を固めて就職活動に打ち込むモチベーションとなった。

Greyhound

第二章　歌って踊れるサラリーマン海を渡る

高度成長期の日の丸船団

１９５０年－53年に勃発した朝鮮戦争の特需が高度経済成長のトリガーとなり、その後あらゆる分野で欧米の先端技術を取り入れ改良した日本の製品は高品質で安価なMade in Japanとして世界を席巻する。鉄鋼、自動車、造船、事務機器、医療機器、生産設備機器、等々で多くの製造業企業が成長し今の名立たる大企業の地位を築いた。日本の銀行、商社がそれらのメーカーの海外展開を支援する日本丸護送船団ともいうべき体制での快進撃。

１９８０年当時の日本は高度成長期のピークにあり、多くの企業が世界に進出し外貨を稼ぎ、ＧＤＰは世界2位、一人当たりのＧＤＰはなんと世界1位、Japan as No.1と持て囃された。私が入社した小西六写真工業は写真の銀塩フィルム、カメラを祖業とする光学、化学の老舗メーカーで創業は１８７３年。２００３年にミノルタと合併統合し、今はコニカミノルタという会社になっている。１９８０年頃はカメラ、フィルムという基幹事業に加え、複写機という新たなドル箱事業の拡大時期にあった。それまで商社や現地代理店に委ねていた海外販路、サービス網を自社で行うべく自社の海外販売拠点網作りに注力しており、私はそこに目を付けこの会社に入社した。紆余曲折あったものの結果的には思惑通り海外販路開拓に従事し、その後も一貫して海外事業を手がけることとなる。

当時の日本メーカーの多くがそうであったように小西六も海外拠点展開に注力しており、海外でのシェア争いに明け暮れる日々。通産省（今の経産省）に輸出統計というものがあり、各メーカーは自社の出荷データを提出していた。その集計値を元に各社は地域別の自社のマーケットシェアを計算し一喜一憂するのだ。

１９８０年代前半はＰＣもなく、物流に関する商品別生産、販売、在庫の予測計画、出荷統計等々全て電卓による手計算。中には算盤を使う強者もいた。

小西六では、北米はＯＥＭ（取引先ブランド）販売、欧州は三菱商事との合弁販社があり、アジア・アフリカ・中東・南米（第３地域と呼んでいた）は現地に代理店を擁立というチャネル構造だった。

その後、北米はＯＥＭ先の会社を買収、欧州は商社との合弁事業を解消し１００％の自社チャネル化、アジア、南米、中東にも自社販社を設立していった。

私の会社人生はそれらの海外チャネル構築と海外事業の運営に費やした40年だ。その間欧米に20年近く駐在し、国内に戻っても世界のあちらこちらへの出張で地球を何周したか分からない。その無茶がたたり心臓、腎臓にかなりダメージが残っていると主治医に警告されている。同じように無茶な働き方をしてきた北米販社での後任者、本社販売本部での前任者はお二人とも引退直後にゴルフ場で心筋梗塞を起こし亡くなっている。同志の冥福を祈る。合掌。

若い頃第3地域を担当していた時のエピソードをいくつか拾ってみたい。

台湾代理店の優秀セールスマンを日本に招待した会食の夜のこと。中国人も同様だが、台湾の人も兎に角宴会では酒を飲み、相手にも飲ませ酔いつぶそうとする。「カンペイ!」といって注がれた酒を飲み干すアレだ。若い日本人の担当者だった私は格好のターゲットとなった。始めはビールをコップで、次に日本酒を盃で、盃が茶碗に変わり、最後は徳利ごとのカンペイに。私一人に対し向こうは列をなして向かって来るからたまったものではない。年配の仲居さんが気を利かせて、「あんたの徳利には昆布茶入れといたからね」と。昆布茶の入った徳利を受け取った私は「次は誰だ?」と調子づく。さあカンペイ!ところが昆布茶は冷めにくく熱い。どうせ気を利かすなら冷ましといてよ。結局私は口をやけどし、熱くて飲めませんと敗北宣言。インチキがばれ、一同大笑い。この連中とは長年の付き合いになるが、会うと必ずこの話になる。

サウジアラビア代理店の社長が来訪された際、会話の中で宿泊している帝国ホテルの部屋に置いてある魔法瓶の話が出た。デザイン、保温性に優れており、Made in Japan は素晴らしいと感心することしきり。私は早速帝国ホテルに電話をし、その魔法瓶情報を入手。同じ魔法瓶に代理店名のロゴを印刷した販促品として数百個調達し、後日代理店に送った。その費用の半分をパートナーである三菱商事に請求したところ、単価が販促品の限度を超えており、また事前の相談もなく勝手な行動だとお叱りを受けた。当然である。あやまり倒し、始末書を書いて許して貰った。この顛末をサウジの社長に大げさに手紙で伝えた。

「親愛なるアル・ジェライシー社長様、お送りした魔法瓶お気に召したでしょうか。一担当者の私の独断で手配した為、社内的に問題となってしまい私は担当を外されるかもしれません。お会いできたことを光栄に思っております」

しばらくすると、その社長から三菱商事経由で魔法瓶のお礼に同数の複写機を発注するとの連絡が入った。正確な数は覚えていないが、数百台で数億円の受注だったと思う。おまけとしてあの担当者を我が社に出張させてくれとの要請があり、その後サウジ初出張することになる。その出張がなかなかの冒険であった。

当時の中東出張は香港やカラチを経由する長旅で現地には真夜中に到着する便しかなかった。リヤド空港に真夜中に到着した通関でのこと、オバQ姿（アラブの白装束）の係官がアラビア語で何やらまくしたてる。戸惑う私は別の係官に連れられ医務室みたいな部屋へ。そこで有無を言わさずいきなり注射を打たれたのだ。私は誘拐、拉致だと思い焦った。ところが注射が終わると無罪放免。出口で迎えてくれた三菱商事の駐在の方に事情を話すと、多分疫病の予防接種だろうとのこと。恐ろしい。

アル・ジェライシー社長との再会を果たした。社長は自分が魔法瓶の話をしたことを覚えておらず、自分の名前入りの魔法瓶が届いたことに驚き、心を打たれたと言ってくれた。

会社の幹部である社長の親族のお宅に夕食に招かれた。そのお宅は市街地から1時間近く車を走らせた砂漠の真っただ中にあり、周囲は高い塀で囲われていた。大きな入口の扉が「開けゴマ」で開くと、中には大きな宮殿が在り、周囲は緑の芝生がびっしり敷かれている。宮殿の一階の一角には室内プールがあり、プールの周りは豪華なペルシャ絨毯が敷き詰められている。プールの壁には大型テレビ（ブラウン管）が何台も埋め込まれており、なんとブルース・リーの『燃えよドラゴン』が映し出されていた。そのプールサイドのふかふか絨毯に一同が車座となり食事をする。そこで頂いたチキンのグリルはこれまで食べた中で断トツの美味しさだった。驚いたことに、イスラム法に厳格なサウジでは勿論飲酒はご法度だが、なんと食事と共にジョニ黒のボトルが数本供されたのだ。社長は厳格なムスリムで酒は一切口にしないが、若い親族は欧米に留学し、飲酒を始めいろいろ悪いことを学んでくると苦笑されていた。

アル・ジェライシー家は王族出身で大金持ち。社長はサウジの商工会議所の会頭を務める大物だ。王族に限らず中東のお金持ちの子弟は大体がヨーロッパかアメリカの大学に留学するそうだ。そしてムスリムでありながら欧米流の飲食の習慣やギャンブル（カジノ）を学んで帰国する。そういう連中が自家用ジェット機でフランスからワインを樽ごと買い付け、砂漠にテントを張ってパーティ三昧との話に驚いた。

まさかのサウジでジョニ黒を楽しみ良い気分になった頃、隣のオバQが私の手を握ってくる。トロンとした目で私を見つめるそのオバQは間違いなくそちら系だと気付いた私はその手を振り切り、立ち上がり様にTV画面よろしくブルース・リーのモノマネを始めた。若い頃は結構ブルース・リーに似ていて、宴会の鉄板ネタだった。「アチョー！」と叫びつつオカマオバQから離れた席へ移動し難を逃れることが出来た。スリルとサスペンスのサウジアラビア出張の一コマである。

第3地域担当から欧州担当に変わり、その後間もなく欧州に駐在することとなる。私の初の海外駐在となったドイツ、そしてその後のイタリアでの仕事が正に商社合弁事業解消と自社チャネル化の始まりだった。

ヨーロッパ編

ハンブルクにて

私の最初の海外駐在地はドイツ（当時は西ドイツ）のHamburg。市の中心にアルスター湖という湖があり、エルベ川が流れ北海に繋がり古くからの港湾都市として栄えた美しい都市だ。私は30歳の時にHamburgにある欧州統括会社に赴任した。

この会社は三菱商事との合弁事業会社で、出資比率はメーカー7、商社3だったが、海外事業のノウハウ、人材力の面で実際の事業運営において商事への依存度は非常に高かった。

当時はメーカーが自社海外販路を持つ移行期で、その道筋を作ることが駐在のミッションだった。当時一緒に働いた三菱商事の先輩方は皆さん本当に優秀な方々で、語学は勿論、貿易知識から経営ノウハウ、また社交や現地人とのコミュニケーションの取り方など、どこをとっても素晴らしく見習うことが多かった。また彼らは寛容で親身になって私たちを指導し育ててくださった。メーカーの人間を育てることは即ち自分たちの仕事を明け渡すことに繋がるので、それなりに軋轢や葛藤もあった筈である。今振り返ってみると、三菱商事の対応は寛容且つフェアなものであったと感謝と敬意を表したい。当時の商事の方々とは今でもお付き合いがあり、久しぶりに会えば昔話で盛り上がる。

今でこそEUという経済圏としての汎欧州の括りが出来、統一通貨のユーロが流通しているが、構成する国にはそれぞれの歴史から来る国民気質、言語、習慣、考え方の違いがあり、ヨーロッパとひとくくりに出来ない時代だ。

私が駐在した欧州HQは欧州全体を統括する組織であり、何かを決める場合主要国代表を集め議論する。ドイツ人、イギリス人、フランス人、イタリア人が集まっての議論は聞いている分には実に面白い。ドイツ人は物事を体系的に筋道立ててルール化しようとする。

イギリス人は自己の利益優先を画策する。フランス人は英独の左脳的アプローチに右脳的直観力で横槍を入れてくる。イタリア人は議題にさほど興味が無く論点も定まらないまま、それでも人一倍しゃべり倒しチャチャを入れる。誰か止めない限り永遠に議論というかおしゃべりは続く。ここに割って入るのが日本人の役目だ。「皆さん、それぞれ有意義なご意見を頂き有難うございます。大変参考になりました」（嘘つけ、さっきまで居眠りしてたくせに）

「皆さんのご意見を踏まえ、以下の結論として決議したいと思います」

不思議なことにそれで会議は収まるのだ。外国人とはいえ日本の会社で長く働いている幹部は事業方針や重要事項の決定は日本本社（お上）の上意下達であることを心得ている。上意下達の結論には従うものの、欧米人は自分の意見はしっかり表明する。自分は言うべきことは言って責任を果たしたというのが欧米人の考え方だ。

職人気質のドイツ人

ドイツではいろんな職業にマイスター制度というものがあり、職人気質の元になっている。長年の経験と知識の積み重ねを体系化し世代を超えて伝えられる。例えばビールにしてもその原料、製造法もビール法で厳格に決められている。ビヤホールでの注ぎ方も厳格で、ジョッキやグラスに線が入っておりその線以下しか入っていなければお客は突っ返すことが出来る。ドイツビールの泡は石鹸の泡のように濃厚なので泡が収まり規定ラインまできちっとビールを注ぐには時間を要す。飲み屋でビールが直ぐに出てくるのが当たり前の日本人は、注文してから5分以上は待たされる状況に戸惑う。事情を呑み込んだ駐在員は1杯目が来た時点で2杯目を注文する。せっかちなのだ。

ビール瓶のリサイクルも徹底しており、酒屋やスーパーで買うビールは缶もあるが瓶が一般的。ビール価格には瓶代が明確に区分されており、お店で空き瓶を返却するとその分の代金が戻ってくる。リサイクル率が高い筈だ。ワインなどその他の瓶も色別に回収ボックスが異なり、効率的な分別が行われている。

道路の線もくっきりメンテされており、走行車線、追越し車線とルール通りに運転する。信号待ちで街中の横断歩道に頭を突っ込んで止めてしまいお爺さんに傘でピシャリと車の先を叩かれたことがある。ことほど左様に、ドイツ人は何事もきちっとシステムやルールを決めそれを守ろうとする。

ドイツ駐在中に遭遇した一つの出来事が、その後の私のビジネス人生の教訓となる。

私が所属した欧州HQとは別に、同じビル内にドイツの販売会社（事業会社）があった。ドイツ国内での販売の他、輸出部門を抱えそこから独立販社のあるイギリス、フランス、イタリア以外の欧州諸国に販売代理店を擁立し汎欧州のビジネスを運営していた。

そのトップは日本人社長だが正直お飾り的存在であり、実際のビジネスはドイツ人GMが仕切っていた。Bというドイツ人GMは長年現地人トップの座にあり絶対的権力を持っていた。日本人社長でさえ実務に口出し出来ない雰囲気があり、今日で言うコンプライアンス、経営の透明性は無かった。かねてよりB氏の不正疑惑は囁かれていた。彼の部屋は日本人社長室より広く豪華で、部屋の片側の壁には引き出し式のベッドとバーカウンターが設えてあった。秘書との不倫は疑惑ではなく、誰もが知る公然の事実であった。当時の欧州では企業のトップと秘書の不倫はよくある話で、問題を起こさぬよう日本人トップの秘書は年配の女性と決まっていた。

コニカ本社と三菱商事との間でドイツ販社の経営にメスを入れることを決め、現地駐在員を中心に動き始めた。経理、財務担当幹部をプロジェクトチームに引き入れ、不正を匂わす経費処理、伝票を洗い出し、秘密裏にB氏に関する身辺調査を行った。長年放置されてきたワンマン経営だった油断からか、不正の痕跡はそれ程苦労せずに見つかった。外部の弁護士や公認会計士のプロも雇い用意周到にB氏を追い詰めた。過去に遡って全ての不正を暴くことは目的とせず、B氏の追放と手切れ金の最小化に的を絞って準備を進めたこともあり、事は成功裏に終わった。

ドイツに限らず海外進出経験が浅かった当時は各地の現地法人で同様の問題が発生した。日本的性善説は通用しないのだ。これらの経験から現地法人には必ず経理財務部門に日本人駐在員を置き、権限を持って目を光らせることは常道となった。

ドイツエピソード集

ドイツでわが身に起こった笑えるエピソードをいくつかご披露しよう。

□留置場での腕立て伏せ
ドイツ人気質に助けられた一件について恥をさらそう。

私は飲酒運転によりハンブルクの留置場で一晩過ごした経験がある。当時の海外駐在員の飲酒運転は必要悪として会社公認だった。欧州統括会社への日本からの出張者は多く、展示会等を含めると年間で延べ１００名を超えていたと思う。出張者の夕食、買い物等のアテンドも駐在員の大事な任務だった。夕食時は当然のごとく駐在員も酒を飲む。ハンブルクは港町で昔からレーパーバーン地区は観光スポットとして広く知られている。無名時代のBeatlesが出演していたライブハウスや、バー、政府公認の飾り窓などイカガワシイ店も乱立する歓楽街だ。そのレーパーバーン通りの端に麒麟門という中華の名店があり、レーパーバーン観光とセットで出張者をよく案内した。

その晩も散々飲んで食べてビヤホールやバーをはしごし、出張者をホテルに送り届け帰宅する頃にはすっかり出来上がっていた。運転がフラついていたのか、ドイツのパトカーが後ろから付いて来る。ガソリンスタンドでやり過ごそうとの悪あがきも無駄で、車を降ろされ留置場に連行された。日本ならその場で呼気検査をされ即アウトだが、ドイツは違う。

飲酒運転の判定は医師による血中アルコール濃度の測定結果で行うというルールが定められている。留置されたのは既に夜中の2時。明朝医者が来るまでそこで待つのだ。トイレはOKだが、アルコール濃度が下がるので水は飲ませてくれない。

私は少しでもアルコールを抜こうとスーツとワイシャツを脱いで腕立て伏せを始めた。若いドイツ人警官が面白がって見ていたので、ブルース・リーの真似をしたりしながら朝を迎えた。結局医者が来たのは翌朝10時頃で、その時点でも結構酔いが残っており、検査結果は免許取り消しのギリギリ手前の数値だった。結局1か月の免停と罰金500マルク（当時のレートで4万円くらい）との沙汰で決着。免許取り消しだと駐在員失格で帰国せねばならず危なかった。免停1か月の間、三菱商事の仲の良い同僚のWさん、通称ナベちゃんが送り迎えをしてくれた。ナベちゃんありがとうね。

この話には後編がある。

1か月の免停期間が終了した週末、その間送り迎えをしてくれたナベちゃんが我が家にお祝いに来てくれた。いつものようにジャックダニエルのボトルと氷持参で、大好きなトム・ウェイツを聞きながら大いに盛り上がった。

翌朝、玄関のベルが鳴り出てみるとナベが腕まくりして立っている。「どうした？」

彼が無言で差し出す腕を見るとどこかで見たような絆創膏。そうだ、血中アルコール濃度測定の後の絆創膏。「何、昨晩の帰りに捕まった？」

「ヤー：ドイツ語のYes」

勿論、その後1か月は私がナベの送り迎え担当。

Germany

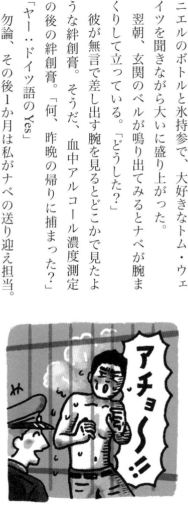

彼とは血を分けた兄弟の関係となった。

彼はその後三菱商事を辞め現地で就職し、今でもフランクフルトで暮らしている。帰国の際には必ず両夫婦で会って食事をする。

□まことちゃんカット事件

もう一つ笑えるやつ。ドイツ人は背が高くがっしりしている。私は170㎝と日本人としても小柄なので、ドイツ人の中に立つと林の中にいるようだ。足のサイズも24・5と小さく、ドイツでは子供サイズしかなく革靴は現地では買えない。

駐在する前の出張でハンブルクを訪れた際、オフィスビルの中にある駐在員が利用する床屋に現地生活の下見を兼ねて行ってみることになった。先輩駐在員が案内してくれ、椅子に座り待った。先に述べたようにドイツはマイスターの国、床屋も主のマイスターは散髪のプロ、下準備は助手の見習いが行う。私は散髪用の椅子に座り見習いさんにカバーを掛けてもらいマイスターの登場を待った。そのうち時差もあり眠りに落ちた。そして目が覚めて仰天。鏡に映っているのは楳図かずおさんの漫画で人気を博した〝まことちゃん〟ではないか。私は何が起こったのか訳が分からずただ茫然と鏡を眺めた。マイスターは私にやさしく微笑み掛けながら身体を覆うカバーを取りはずした。その瞬間、マイスターの表情が凍り付いた。子供だと思って前髪を直線カット（まことちゃんカット）したのに、カバーを取るとネクタイをしている。ひょっとしてこいつは子供じゃなくて子供っぽい日本人の大人かという動揺が言葉を介さずとも伝わってくる。そして彼は居たたまれずその場を去ってしまった。私はよろけるように散髪椅子からずり落ち、これからの身の振り方を考え始めた。この髪型ではオフィスには戻れない。帰国するか、レーパーバーンで身を持ち崩すか。しかしこの髪型じゃどの店にも入れんな。成田の通関で笑われるのは必至。妻の反応は考えるだけでも泣けてくる。観念してオフィスに戻るなり、オフィスは爆笑の渦。他のフロアのドイツ人まで次々に見学に来る活況ぶり。普段Gentlemanでこのようなことにあまり騒がない社長までなんと涙を流している。泣きたいのはこっちだよ。後で聞いたところによると、私を床屋に案内したＮＫ先輩はドイツ語が苦手で、一言「ガンツクルツ＝Very short」と言い残して私を置き去りにしたのだ。

□目玉焼き事件

ドイツはビールとソーセージが定番だが、もう一つ旬の白アスパラガスがお薦めだ。茹で立ての旬の白アスパラをバターソースで頂くのは絶品で、とても白ワインに合う。日本食が欠かせない出張者もこれだけは食べたいとのリクエストがある。

出張者を招いてのある会食時、駐在員の中ではドイツ語に長けた灘高・東大出の秀才先輩が流暢なドイツ語で白アスパラを人数分注文してくれた。やがて楽しみに待つ一同のテーブルに8人分の皿が並べられた瞬間、A先輩の顔色が青ざめた。

事情が呑み込めない出張者はきょとんと一皿に2個、合計8皿16個の目玉焼きを見つめる。何が起こったのか。Aさんのドイツ語の発音に問題があったのだ。

白アスパラはドイツ語でシュパーゲル。目玉焼きシュピーゲルアイアと似ているのだ。Aさんは急ぎシュパーゲルを追加注文してこう言い放った。

「白アスパラはバターもいいけど、目玉焼きとの相性もいいんだよね」だと。

□業務上過失ものまね事件

当時、欧州HQの社長は旧三和銀行からコニカに転籍された方で、大阪大学を出られ英語も堪能だった。ところが堪能な英語も関西弁のイントネーションが入るのでドイツ人には聞き取り難い。会議が終わると私に確認に来るドイツ人が多かった。私が社長の関西弁英語を真似して「ニードレストウ～せい、I am○○○○いいまんねん」とやるとバカ受け。調子に乗りやすい私はどんどんエスカレートし、山本リンダ状態（どうにも止まらない）。ン？　さっきまでバカ受けしていたドイツ人が急にうつむき、反応が鈍る。

「何やねん？　Don't you...?」と振り返ると、鬼の形相の社長様が立っておられるじゃあーりませんか。一言「エライ楽しそーやな」と捨て台詞を残して去っていった。ドイツ人連中は「お前、やっちまったな」とニヤニヤ嬉しそう。

「Don't you オッサン、バディ to love?」と虚しく呟く私。

私がイタリアに流刑を言い渡されたのは1週間後だった。これ実話である。

イタリアにて

イタリア販社設立

商社頼みを脱皮し、自力での販売チャネル運営を標榜していたコニカはイタリアで第一歩を踏み出す。三菱商事の代理店を解約し、コニカ資本のイタリア販社を設立するプロジェクトが始動された。その実務部隊長として私が抜擢（左遷？）された訳だ。当時、妻は妊娠しており、ハンブルクで安アパートからアップグレードした一軒家への引っ越しも決まっていた。業務上過失モノマネ事件で順調に見えたドイツ生活が１８０度生活習慣の違うイタリア行きという青天の霹靂。自業自得、阿鼻叫喚。

販社設立は正にゼロから出発だった。英語/伊語の通訳兼庶務係として女子学生２名と日本在住経験のある元牧師のPさんという日本人化したイタリア人を雇い、オフィスを借り、電話線を引き、社員を雇うところから始まった。会社の登記、経理システムの導入を行う一方、物流倉庫や補給資材、パーツ供給体制等途切れさせてはならないものは旧代理店のインフラ、人材を継続させながら随時新体制に移行していくという綱渡り。イタリア全土に広がる販売店との契約変更も必要。新販社発足の日程は決められており、それまでに販社設立とキックオフイベント開催の準備全てを完了させねばならない。日本からは絶えず複数のスタッフが交代で長期出張し手伝ってくれた。本来お手並み拝見と高みの見物を決め込む筈の三菱商事本社メンバーも一緒になって手伝ってくれた。この辺りが大三菱商事の懐の深さなのだろう。七転八倒の末、新販社オープンのキックオフに辿り着けたのは奇跡としか思えない。

新販社オープン後も全ては手探り状態、日本からの出張者は段階的に引き揚げ、１年後には現地従業員十数名と日本人駐在員４名でやり抜くしかなかった。日本人は社長、副社長（財務担当）、技術サービス担当、私（販売マーケティング、物流担当）の４人。

当時は画面の薄暗いラップトップにLotus123を積んで全てをこなしていた。商品の

Pricingから販売予算、特に大変だったのは物流管理だ。数百アイテムに及ぶ商品の需要予測、仕入計画、在庫管理をLotus123の表計算ソフトで管理するのだが、単純な足し算引き算から始まり、次第にワークシートを跨いだ掛け算割り算、最終的にはかなりデータ量の多い複数のワークシートを連係させた販社物流システムが出来上がった。私の仕事は内勤に留まらず、イタリア人販売トップを雇うまで実質的な販売責任者としてイタリア全土を回り販売店の再契約や契約打ち切りをやった。1日4店、1週間の出張で20店程の販売店を訪ねて交渉するのだが、当然行く先々で販売店とランチ、ディナーが入る。食事の時間は3時間を超え、量も半端なく多い。先方は滅多にない機会なので力が入る。あれも食べろこれも食べろと地方の自慢料理を勧めてくれるのだが、こちらは1週間計10回のご馳走攻めが続くとどんなに美味しいイタメシ三昧も拷問と化す。

胃は荒れ、唇はただれてくる。イタリア人は皆とてもおしゃべりなので、こっちが聞いていようがいまいが機関銃のように喋りまくる。心身ともにクタクタに消耗する。

ある販売店との契約を打ち切る交渉の最中、相手が席を立つと同行していた営業担当のスタッフが私に耳打ちしてきた。「Jun、これ以上何も言うな。笑顔で撤退だ」

後で分かったのだが、その販売店はマフィアの関係者だと。マフィアは別にギャング的な輩ばかりではなく、むしろいろいろなビジネスに入り込み普通の顔をしているらしい。

今回も契約破棄の話に、相手がそれとなく匂わし脅してきたのだ。全国行脚も命懸けだ。

イタリア人気質

先にドイツ人気質について書いたが、イタリア人気質はドイツ人気質と対極にある。ドイツ人がルールを厳守するのに対し、イタリア人にとってルールは破るためにあるもの。ドイツ人は車線に沿って車を走らせるが、イタリア人は車線などを気にしない。というかほとんどの道は車線が消えている。国民皆F1レーサー気分。唯一のルールは先に頭を突っ込んだモノ勝ち。私もドイツから移った当初は遠慮しながら先を譲っていたが、1年もすると真っ先に頭を突っ込みミラノの街をブイブイF1ドライブしていた。

信号待ちで青信号に1秒でも遅れようものなら、後ろからクラクションの嵐。ところが、歩道にミニスカートの女性でも通ろうものなら、青信号になってもどの車もピタリと動かず、窓から身体を乗り出し女の子に声を掛ける。ドイツから移った当初こそあきれて見ていた私も半年もすると我れ先に身を乗り出すようになっていた。冗談です。

イタリア駐在時での忘れられない出来事の一つはセナとの遭遇だ。そうあのF1レーサーのアイルトン・セナである。ミラノにはモンツァというF1レース場があり、爆音を響かせ疾走するF1レースは一見の価値あり。

私がセナに遭遇したのはミラノのリナーテ国際空港。私はイタリア販売店のオーナー、幹部約100名を引率し、ブラジルのリオデジャネイロへの報奨旅行に向かおうとしていた。

私は引率者の特権でFirst Classにアップグレードされていたのだが、そのFirst Classのカウンターにたたずむ後光の差す人物に目をやると、なんとアイルトン・セナではないか。その格好良さは筆舌に尽くしがたい。イケメンだとかそういうレベルでは語れない、全身から漂うオーラは近寄りがたい。その近寄りがたいセナに近づき私はサインをお願いした。色紙も何もないので、パスポートにサインしてくれと頼んだところ、それはあかんやろという感じで押し戻された。あきれ顔のセナをあんなに間近に見た日本人は私ぐらいだろう。その後彼はレース中の事故で帰らぬ人となった。残念至極。ご冥福をお祈りします。

ベネチアの思い出

これはドイツに駐在した年の夏休みに妻とイタリア旅行に出かけた時の事件だ。ハンブルクからローマに飛び、フィレンツェ、ベニスを旅した。旅の最後に立ち寄ったベニスで最後の晩餐を豪華に頂いた。メニューを見ると魚料理がとても安い。我々は大きな伊勢海老とスズキの丸ごとグリルを注文し大満足。ところが会計金額を見てびっくり仰天！

　ゼロがひとつ多い。当時の伊リラは１００万リラが１００円くらいだったので、元々桁が多い。要は5千－6千円だと思っていたのが万円単位の請求額。ボッタくるなよと腹を立てながらメニューを再度確認して唖然。安いと思っていた金額は１００グラム単位の値段。伊勢海老もスズキも大きかった。所持金では全く足りない。駐在したばかりでクレジットカードもまだ持ってない。いざという時の為に1万円札を数枚鞄の底に隠しておいたことを思い出し、不安を隠せない妻をレストランに人質として残し、ベニスの運河に架かる橋をいくつも渡りホテルまで走り、万札をホテルで両替しレストランへ取って返した。妻は売り飛ばされることもなく、不安げに伊勢海老のしっぽをほじっていた。

　無事支払いを済ませると残金は小銭のみ。ホテル代は事前に支払っているので明日の夜飛行機に乗るまでを無賃旅行だ。我々はホテル代に込みの朝食をこれでもかと詰め込み、パンにハムを挟んでサンドイッチを作り、バナナとリンゴを貰ってホテルを出た。

　最終日に乗るはずのゴンドラにも乗らず、スーツケースを引きずりベニスの街をさまよった。小銭でジュースを一本買って分け合った。夜になって乗り込んだルフトハンザの薄いハムとチーズだけのサンドイッチのなんと美味しかったこと。

モノを知らんというのは恐ろしい。しかし、本当の値段が分かっていたら伊勢海老もスズキも絶対頼まなかった。知らんからこそ出来た豪華絢爛、スリルとサスペンス。新米駐在員のイタリア旅行、正真正銘〝最後の晩餐〟のお話。


その後、従業員も100名近くまで増え、売上も当初計画をクリアし黒字化も達成した。イタリアでの仕事は大変だったが、その分生涯の財産となる経験とスキルを身に付けることが出来た。結果All Rightの4年間だった。

一方、長男の出産に始まる私生活の普通ではあり得ない苦労の連続については、別章にて振り返りたい。

アメリカ編

嵐の幕開け

2003年の1月7日に突然「2003年8月にコニカとミノルタが統合、10月以降事業の再編、統合を行う」ことが発表された。海外販社にいたこともあり寝耳に水。青天の霹靂だった。

アメリカにあるコニカ、ミノルタの販社はそれぞれ4千名規模の社員を抱える大きな組織であり、数十万という顧客に対し複合機の販売、サービスを行う複雑なオペレーションを抱える事業会社だったので、単に商品の統合だけでなく、経営の基幹システム、物流体系、物理的な支店や営業所の統合を考えると気の遠くなるような話だ。

形としてはコニカを継承会社として残すものの、事業規模は同程度の対等合併をうたっており、どちらかを一方的に吸収合併するのとは訳が違い、何をするのも話し合いによる合意が必要で、暗中模索の統合実務が始まった。コネチカットに本社を持つコニカとニュージャージーに本社を持つミノルタのメンバーが集まり協議するのも中間地点のホテルでという公平性を保った極めて非効率な進め方をしていた。

本社はどっちにする？

基幹システムはどちらに片寄せする？

各部門長はどちらから出す？

給与体系は、人事評価制度は、などなどなどなど。

これを全米の支店、営業所単位まで決めていかねばならない。事業を立ち上げたり、閉じたりするのも大変だが、比べ物にならないくらい困難なプロセスと作業となった。もし、会社を統合しようと考えておられるなら悪いことは言わない、最初に思いっきり揉めてもどちらかに片寄せすることを決めてから統合すべきだ。そうでないと顧客接点を持つ事業会社の現場の統合作業は非効率で長期間を要すことになる。コニカミノルタの場合、販社が統合会社の形式を整えるのに1年、各業務システムや末端のオペレーションが統一出来るまでに3年以上掛かった。基幹システムの統合には時間と連動して莫大な費用が発生した。もう一度言うが、会社を統合するなら片寄せすべし。

会社統合が始まった時、私は既に駐在6年目で、そろそろ帰任の話が出る頃だった。統合により海外人事も一旦全て凍結となった。それから2年が経過し統合の形が見えてきた頃、私の帰任話が復活した。当時私はコニカ側№2として、ミノルタ側のカウンターパートの愛称IndyことNIさんと共に統合実務を仕切っていた。彼は私より四つ年下で、仕事は出来るし人柄も良く現地従業員にも信頼されていた。統合販社の初代社長はコニカ側から出ていたので、№2はミノルタ出身のIndyが残ることに私自身何の違和感もなく、当然の人事と受け止めていた。むしろ統合の本当の大変さはこれからだと分かっており、助かったというのが本音だった。

２００４年の年末、本社の役員から私の自宅に直接電話があり、私の帰任は取り止め、来年度から君がUS販社の新社長だとの内示を受けた。正式には現在のUSトップであり私の直属の上司のY氏から伝えられるから内示は他言無用とのことだった。

その時点で帰国に向けて引っ越し荷物の送り出しの日取りも近づいており、私はその上司に「来週第一便を出します」と探りを入れた。「あっそう。ご苦労さん」との返事？

不安になった私は内示を受けた日本の役員に電話を入れた。「まだYさんから通達がないのですが、その後人事に変化があったのでしょうか」

「いや変更ない。人事稟議も済んでいる」とのこと。その後も通達がないまま、一便（船便）は日通さんに引き取られ船積みされた。ご丁寧に送別会まで開いて頂き、送別の品やら労いのメッセージを受け取り、私も帰任の挨拶をした。

その時点で家族は既に帰国しており、娘は日本の中学への入学も決まっていた。息子はペンシルバニアの高校に通っており、卒業までひとりアメリカに残ることになっていた。

さて、いよいよ引っ越し２便（航空便）の搬出を翌週に控える週末、上司から電話があり、これからオフィスに来てくれとのこと。そこでようやく「驚かずに聞いてくれ。実は私は日本へ帰る。君が後任だ」と。

私はひと月以上前に聞いた一身上のBig Newsにわざとらしく驚いたふりをした。
その後、航空便の荷物は止めたものの、船便は2か月を掛けて太平洋を往復。1年後には家族も戻ってきた。何だったのだろう。想像するに、前任者は自分がそうであったように、私が単身赴任で現地社長の任に付くことを前提に、人事情報をぎりぎりまで明かさないという鉄則を貫き、そのことによる支障はどこにもないと考えていたのだろう。家や車も全て自分のものを引き継げば良いと。私にしてみれば人生観というかスタンスが違う。家族は一緒に暮らすのが前提。社長業も夫婦で対応するのが欧米では当然と考えていた。

ところで、その前任者Y氏と私の関係は別に険悪なものではなく、むしろ過年度のY氏が入社時より知る近い関係で週末は一緒にゴルフをし、仕事の出来るY氏を尊敬もしていた。

しかし一点のみ受け入れ難かったのがたばこだ。Yさんはチェーンスモーカーだった。アメリカは既に公共施設では禁煙、会社内も同様に禁煙がルール。ところがYさんは会議中にプカプカやっており、アメリカ人幹部は我慢していた。会議の途中で私は席を立ちそのまま帰宅したことがある。Indyから携帯に電話があり、私が帰ったことを知りびっくり仰天。

「どうしたんですか？」「社長（の煙草）が煙たい」「社長にはなんと伝えれば？」「煙たいから帰ったと」「えーっ！！！　そんなのありですか？」

Dream come true

その後私はアメリカ統合販社のThe President & CEOに就任した。この時ばかりは湧き上がる喜びに感無量。Coorsの6パックを抱えハドソン川沿いに車を停め、一人マンハッタンの夜景を観ながら自らを祝福した。勿論、その後に待ち構える苦難は分かっていたが、その一瞬は全てを忘れ人生の一つの目標に辿り着いた喜びを噛み締めた。私は管理仕事の本社より実際にビジネスを運営する販社に魅力を感じていた。US販社は売上、従業員規模共社内で最大であり、そのトップになることは入社以来の目標だった。あの時のCoorsの味が忘れられない。残念ながら現在Coorsは日本で売っていない。サントリーさん、輸入してくださいよ。

社長就任後最初の大仕事は年初のキックオフだ。本社部門、直販部門、代販部門とそれぞれ部門別に社長の年度方針から始まり各部門長の方針、戦略、施策を組織全体に共有する大事なイベントだ。実質的新社長のデビューだ。私は就任初年度にあたり、部門別キックオフを止め販売店、直販支店幹部、本社部門長を一堂に会した全社キックオフを行うことにした。統合作業の混乱の中、不安や不満が充満し疲弊した社内外の空気を変える為には、個別最適の部門別ではなく、利害関係当事者を一堂に集め、同じメッセージを伝えることが第一歩と考えた。場所は堅苦しさを打開したくテネシー州ナッシュビルにあるカントリーの殿堂グランドオープリーに決めた。アメリカの大物歌手がコンサートを開く歴史あるコンサートホールだ。総勢１５００名が結集した。

人前で話すことを苦手としない私も、キックオフ当日は流石に１５００人の米人を前に新社長としての抱負を語ることに緊張を覚えた。スピーチ原稿は米人スタッフが用意してくれ、壇上ではプロンプターに原稿が映し出される。アメリカ大統領がスピーチの時使うアレだ。私は通常スピーチ原稿を用意しない。いざ洗練された英語の原稿を渡されて練習してみると違和感がある。自分の思いが伝えられないもどかしさを感じる。

やがてその時が来た。私は用意してあったギターを片手に壇上に向かった。マイクの前に立ち歌い出そうとした瞬間、スタッフが駆け寄りギターを私から取り上げてこう言った。

「Jun、夜のPartyまで我慢して。今はスピーチを」打合せ通りだ。

それまで緊張が張りつめていた会場のムードは一変した。狙い通りに笑いが起こり雰囲気は和らいだ。私は、原稿通りの挨拶から始め、途中から脱線していった。

“My CEO title stands for Chief Entertainment Officer.”と自己紹介を始めた。

「私は1955年生まれ、皆さんご存知のあの二人と同期。そうSteve JobsとBill Gates。同じ年に生まれ類似点も多い。ＡＤＨＤであり、我が儘。唯一のちょっとした違いは年収くらいでしょう」「5月生まれなのでJun born in Mayです。皆さんにお願いがあります。上半期末（米国では6月末）をEnd of Juneと言わないで。End of Junに聞こえるので」

「ここグランドオープリーの1階には販売店の皆様に列席頂いております。そして2階には皆さんの友人（宿敵）である直販支店幹部が参加しています。販売店の皆様、頭上からの落下物にご注意下さい」 1階からざわめきが起こる。

「ここでＢＵＳの幹部紹介をします。直販部門トップのＪＦです。あっ、そこの販売店様、トマトを投げつけないで！」 ＪＦも反応良くかわすしぐさ。Good job, JF.

「次に販売店部門トップのＳＪです。あっ、2階のＬＡ支店長生卵を投げないで！ ＳＪに当たればいいけど、販売店さんの頭に落ちると、End of Jun」

会場全体が爆笑に沸く。

「今後、販売店様の苦情はＪＦに、直販の文句はＳＪに、Xmasパーティのバンド出演依頼はChief Entertainment Officerの私にご用命ください」

この時点でプロンプタースタッフは諦めて原稿を閉じた。

私は暗記していた原稿の重要な部分をプロンプター無しで会場に語り掛けた。

そして最後に自分の言葉で締めくくった。

「ここに参列頂いている皆様、そして私達全員が会社統合というＣＨＡＯＳの中にあります。日本本社からは天文学的目標数値のみが割り振られ、統合実務は現場任せです。放送禁止用語のＦワード！　我々はこの混沌から抜け出す必要がある。残念ながら事態は複雑で簡単な解決法などありません。統合前の状態には戻せないのです。前に進む為の現実的な妥協案を皆さんと共に見つけ出すことが私の仕事です。私はアメリカが好きです。皆さんと共に仕事が出来ることを誇りに思っています。その誇りを懸けて仕事をやり抜くことを約束します」と正直な気持ちをそのまま伝えた。

あまりにもストレートで、期待していた手品のような解決策の提示もなく、どう消化したものか会場に戸惑いの静寂が続く。間をおいてポツリポツリと拍手が起き、やがては会場全体のスタンディングオベーションでスピーチを終えた。

その後のフィードバックで会場の受け止めは次のようなものだったことを確認した。

「ある意味期待外れでもあったが、自分達も本音では魔法のような解決策があるとは思っていない。統合がＣＨＡＯＳであることを率直に認め、前に進む為の対策に正面から取り組むことを約束したことで当事者意識を確認出来た。このＣＨＡＯＳの中にあって、Sense of humorを失わないのがアメリカ人にとっては救いだ。本音で話せる相手であると感じた」

そして、夜はお待ちかねのPartyだ。ナッシュビルのCrazy Horseという3階建ての有名なキャバレーを貸し切り１５００名の大宴会だ。オープニングではギター片手にステージに上がり、開会宣言。「No more business talk tonight. Let's enjoy!」

そのPartyにはマーシャルタッカーバンドを呼んでおり、一緒に「*Can't you see*」を歌った。その夜ちょっとした事件をやらかした。演奏を終えたバンドのツアーバスに酔っぱらった私は乗り込んでしまったのだ。途中で気付いたバンドメンバーに「お前、ここで何してる？」と会場に戻された。会場では私がいないと騒ぎになっており、スタッフにこっぴどく叱られた。冗談抜きでアメリカでは企業トップの誘拐、身代金事件は多発しており、ダッシュボードに銃を携帯している人も珍しくない。それ以来、イベント時には私に監視役が付くようになった。

その後も販売チャネル間での争いは続いた。

直販支店が販売店の顧客を奪った。その価格が販売店の仕入れを下回っているというのが典型例だが、その逆もある。ひどいのになると、直販支店長が支店のショールームを無断で使ったと販売店のオーナーを殴ったとか。全米のディーラー協会の顧問弁護士からの訴訟やら直販支店からの不満やら正に四面楚歌。日本からはもっと売れ、シェアを上げろとしか言ってこない。社内の幹部も自部門の統合作業で手がいっぱい。私はこの時ほどトップの孤独を痛感したことはない。誰も助けてはくれない。私は眠れぬ夜を過ごしながら以下の結論に至った。自分一人では打開出来ない。志を同じくする幹部メンバーによるチームの再編が必要だ。そして旧コニカと旧ミノルタの対立に第三極を入れることを決断した。

翌年、また年初のキックオフの日が近づいたが、その頃になると社内の雰囲気はどんよりとした閉塞感に包まれ、また販売店のコニミノ離れも進んでいた。販売店を招いて行うキックオフへのボイコットも伝えられ開催すら危ぶまれた。なんとか開催に漕ぎつける手はないものか、思案した末ひとつの賭けに出た。

２００５年の８月、アメリカ南東部を大型のハリケーンカトリーナが襲った。死者は推定千数百名、アラバマ、ミシシッピ、ルイジアナに大きな被害をもたらしたが、中でもジャズで有名なニューオーリンズの水没被害は甚大だった。

これを受けて翌年の販売店会の場所をニューオーリンズにし、現地に出来るだけお金を落とし支援するという主旨を明確にした。その上で販売店会当日災害支援金を募り、集金金額と同額をコニカミノルタが出資し、支援ファンドを立ち上げ持続的に現地を支援していく旨を発表したのだ。自己主張は激しいが一たび事が起こると一丸となって助け合おうとするアメリカ人気質に訴えたのだ。災害支援の為に是非ご参加頂きたいとの主旨で、私自身多くの販売店オーナーに直接電話をし参加を募った。

結果として、なんとか開催に漕ぎつけた。私はチーム再編と買収による三極作りの構想を持っていたものの、まだ公言する段階ではない。販売店の気持ちを一新させる秘策はなく、なんとかつなぎ止め時間稼ぎをしたいと思っていた。

販売店会当日、日本からＶＩＰを招いておりスピーチが予定されていた。

スピーチの順番としては、通常現地販社の私が露払いをし、日本からのＶＩＰが締めるというのが常識。ところが本社ＶＩＰのスピーチ原稿を見て愕然とした。現場のコンフリクトに起因する敵対感情、不満、不安といったリアリティが全く理解されておらず、販売店感情を逆なでするような高い数値目標やマーケットシェア向上を要請する内容なのだ。

この内容で会を締めくくられると販売店会開催の意義すら吹っ飛んでしまうと思った。販売店とのコミュニケーションに追われ、事前に東京とのすり合わせを怠った自分に腹が立った。とっさの判断でスピーチの順番を変えた。

ＶＩＰは原稿を読んでいたので販売店の反応に気付いていなかったと思われるが、想像通りのNegativeな反応だ。なんとかせねば。私はひとり焦りまくっていた。

私の番だ。先ず、「統合後のビジネス環境が悪化し不安や不満が高まっている中、この会に参加頂けた事に心より感謝致します」と切り出した。販売店よりむしろ日本ＶＩＰに分かって欲しくて語り掛けた。「ここニューオーリンズを始めカトリーナの犠牲になられた方々にMoment of silenceを捧げましょう」この黙禱で会場の怒りが一旦収まることを期待した。私は寄付の呼びかけと、Colorful Future Foundationという被災地の小中学校の支援プログラム構想を説明した。会場から賛同の拍手が起こった。これがアメリカ人の良いところだ。そして本題に触れる。「先程の日本からのＶＩＰスピーチによりコニカミノルタの方針、戦略はご理解頂けたと思います。特に数値目標に関しては皆さんと合意したものよりかなり低かったことは内緒にしておきましょう」この冗談っぽい皮肉で販売店に私の真意を伝えたかった。「市場コンフリクトに関し、会社としてCode of conductを導入します。お互いの顧客に介入しないというシンプルな原則です。コニミノの市場シェアは15％しかありません。その15％を直販と販売店で奪い合い価格が棄損することを私は望みません。残された85％の市場を開拓することに投資したいと思います。先ずは社員にそのことを理解、根付かせることから取り組んで行きます。もう少しだけ時間を下さい」と今言えることを率直に伝えると、間髪を容れず、私は*God Bless America*を歌い出した。会場の参加者は次々に立ち上がり胸に手を当て大合唱となる。空中分解はなんとか避けられた。

□ Colorful Future Foundation

その後、この支援ファンドで具体的にはLittle Red House Schoolという私立の小中学一貫のアートスクールの校舎の修復を行うと共に、高校、大学進学への奨学金制度を立ち上げた。この学校はエルビスプレスリーの映画にも登場したこともあり、知る人ぞ知るユニークな学校で、有名な黒人ジャズミュージシャンやアートデザイナーを輩出している。毎年クリスマスには、この学校のジャズバンド（20名程度の編成）をコニカミノルタＮＪ本社に招待し、チャリティコンサートとディナーパーティが恒例となった。

日本本社では私のこうした音楽関連の社外活動を公私混同とみて批判する向きもあったが、会社統合後殺伐とした雰囲気の中、こうした社会活動という企業の新たな価値に社員として誇りを感じるといった声も多く寄せられた。

オーガスタナショナルで始まったM&Aとチームハラグチ

その後、私はチームハラグチ、第三極作りに取り掛かる。

この伏線は私が社長就任直後にあった。社長就任直後に秘密裏にある人物と面会していた。

独立系の大手事務機販売Distributorであった Danka社の社長兼COOであるBT氏だ。彼は以前コニカに勤めており旧知の仲だった。当時の業界ではチャネルのM&Aが盛んに行われており、Danka社も売却の意図を持っていた。BTはその相手がコニカミノルタであることを望んでいた。自分が活躍できる余地が大きいと踏んでいたからだ。

Danka社はKodak社のデジタル印刷部門を買収しており、この分野に進出したいコニカミノルタにとってもメリットが大きい。その人材とノウハウを手に入れれば直販に付加

jazz

価値を付け代販との差別化、棲み分けにも繋がる。また、Danka社は米国上場企業であり、図体はでかいが日本企業の子会社である新統合販社が米国で生まれ変わることに貢献してくれるとも考えていた。私が社長就任直後にBTはDanka社の会長兼CEOと私との顔合わせの場を設定した。その場所はなんとあのオーガスタナショナルだった。

２００５年４月マスターズでタイガー・ウッズが優勝した直後のオーガスタに出向いた。そこにはDanka CEOのAD氏、BTそしてもう一人RT氏がいた。RTは日系競合他社のUS複写機部門のトップを務めていた。チームハラグチ構想を知るBTがそのキー人材候補として私に紹介しようと呼んだのだ。私たちはオーガスタナショナルのチェアマンであるビリー・ペイン氏に歓迎された。Dankaトップのは AD はゴルフをやらないので、BT、RT、私になんとチェアマンのビリー・ペインを加えたメンバーでラウンドした。その日はオーガスタ内にあるチェアマンズコッテージに宿泊し、翌日また同じメンバーで２回目のラウンドだ。ディナーはチェアマンのゲストとしてレストランのど真ん中に陣取った。周りには元国務長官だったベーカー氏、米国の主要銀行の頭取達が会食していた。

そんな場に日本人が入り込むことはないのか、皆私を見ている。居心地の悪さを感じた私はビリーに言った。「皆、私を何者かと怪しんでいるようだ。日本のRoyal Family皇室メンバーと紹介してくれ」勿論、冗談のつもりだったのだが、ノリの良いチェアマンは立ち上がると、「皆さん、ちょっと失礼。ここに日本の皇室メンバーをお迎えしています。ご挨拶を」と言い放った。私も立ち上がり、「ディナー中に申し訳ありません。どうぞ続け下さい」と笑顔で挨拶し、TVで観る皇室メンバーがやる手のひらを軽く振るジェスチャーで締めた。我々のテーブルはクスクス笑いを堪えるのに必死だ。

チェアマンがオーダーしたバッファローのステーキを横からつまみ食いしたが、香り、食感、味ともに最高だった。ディナーの後オーガスタ秘蔵のワインセラーを見学させてもらったが、世界の超高級、希少ワインがこれでもかと貯蔵されており、総額$40 Milの資産価値とのことで、当時のレートで50億円以上。桁違いだ。

コッテージに戻ると、先程レストランで挨拶した頭取達がウィスキー片手に談笑している。

私はその輪に乱入すると、「先程の自己紹介は冗談です。私はその辺の馬の骨で、皇室メンバーではありません」と自白した。一同一杯食わされたと大笑い、「それなら一緒に飲めるな」とウィスキーを勧め、談笑の輪に加えてくれた。

そこらの馬の骨があのオーガスタで厚遇された訳をタネ明かししておこう。

チェアマンのビリー・ペイン氏はアトランタオリンピック委員会のCEO、Dankaトップの AD氏は同大会のCOO。二人でアトランタオリンピックを仕切った盟友なのだ。

今後の大型買収の始まりを劇的に演出する舞台としてオーガスタを選び、ビリー・ペイン氏は盟友の頼みを喜んで引き受けてくれた訳だ。

因みに、マスターズ直後のオーガスタのグリーンはツルツルで自己判断では永遠にホールアウト出来ない。キャディ頼みだ。初日はゴルフにならず、チェアマンに「これまでオーガスタに来場した人類の中で君ほどユニークなゴルファーはいない」これを直訳すると「一番下手くそだ」ということ。翌日の2ラウンド目は少しリラックスし、107で回り、13番のPar5ではバーディを取った。スコアカードにチェアマンが証明のサインをくれ「来年のマスターズに出るか？」と。私は「キャディのADが忙しいので無理です」実際ゴルフをやらないADは付きっきりで写真を撮って一緒にラウンドを楽しんだ。

目的であった、初会談は和やかに進みながらも途中様々な課題を投げかけ、お互いの意見をぶつけ合い、その結果として、AD、BT、RTそして私の4人は意気投合した。

AD、BTとはDanka買収の基本合意、法的拘束力はないものの当事者間の信頼関係が成立した。またRTに対してはチームハラグチの核となる人物との確信を持ち、その日以降私は彼の携帯に毎週末電話しコニミノへの移籍を打診した。彼はT社という大きな日本企業の現地トップとして日本の経営会議にも参加しており、私の置かれた立場の苦労、また統合販社で起こるチャネルコンフリクトや社内対立に関しても十分理解していた。

golf

ＲＴを私の右腕ＣＯＯとして迎え入れ、ＢＴを直販のトップに据えDanka人材、ノウハウを注ぎ込めれば会社を変えることが出来るとの確信を得ることが出来た。実際その後そのように事態は進んで行くのだが、振り返れば全ては社長就任直後のオーガスタから始まったのだ。

当事者が基本合意したとはいえ、大型買収の手続きは簡単ではない。その後1年以上のプロセスで苦労した要因は日本本社によるＲＯＩ数字調整とDanka側のＦＡ（ファイナンシャルアドバイザー）だった。Ｄ社のＦＡはゴールドマンサックス社がついた。担当者は居丈高な男で、日本人、日本企業をなめてかかっている印象を受けた。両社のＦＡ、ＬＡ（法務コンサル）を交えての初会談はマンハッタンのホテルで行った。当事者トップ同士が既に意気投合していることを知らないＤ社のＦＡは仰々しく且つ慇懃に場を仕切ろうとした。

「このディールには買い手候補が複数動いており、かなりの高額提示も受けている。コニカミノルタが本当にDanka社を買収したいのであれば、価格交渉の余地はないことを始めにお伝えしておく。迅速な決定が必要だ」言い値で即決しろとの高飛車なブラフである。

彼の発言を遮るように、交渉開始わずか5分で私は席を立った。「交渉の余地のない会談に意味は無い。時間の無駄だ。こんなブラフを平気でぶつけてくるＦＡとの交渉はこちらから願い下げだ」とＦＡを睨みつけ当方の出席者と共に部屋を出た。

私は先方ＦＡのブラフを見透かしていた。ある競合企業が検討していることは承知しており、そのトップと秘密裏に情報交換をしていたのだ。その会社は別件でより大きな案件に動いており、Ｄ社案件への深入りはしないことは分かっていた。金額についても実はＡＤと私の間ではお互いの希望価格を提示し、ある範囲内で合意できる目算もあった。

ＡＤは投資会社を経営するファイナンスのプロで、Danka社の売却が済めば自分の投資会社経営に専念するつもりだ。ＡＤにしてみればリーズナブルな範囲に価格が収まればそれで良いのだ。こんなに買い手が人脈や重要情報を入手出来ているＭ＆Ａ案件はそうそうないだろう。それを知らずＦＡは露骨に脅してきたのだ。

交渉の席を立って間もなく、私の携帯が鳴る。ＡＤだ。「Jun、すまない。私もＦＡがあんな愚かなブラフを行うとは思っていなかった。仕切り直させてくれ」

しばらく時間を置いて交渉を仕切り直した。先方ＦＡはバツが悪そうに押し黙っていた。私は彼を完全に無視し、ＡＤと直接今後の進め方を詰め、会談を切り上げた。

その後は様々な手続きを経てD社買収は完了した。

D社買収と並行してチームハラグチの編成も進んだ。経営幹部層に始まり最終的には販売、サービスの中間管理職の入れ替えを行った結果として懸案のチャネルコンフリクトも鎮火していった。

会社としてのCode of conduct行動規範を設けた。原理原則はシンプルで「直販は販売店の顧客に手を出さない。逆も同様」以上。

実は、厄介なのはエンドユーザーなのだ。彼らは直販支店または販売店から見積もりを入手すると、イエローページで他のコニミノ販売チャネルを探し出し、そこに相見積もりを依頼する。その際A店見積もりを開示し、それ以下ならお宅から買うよと持ち掛ける。

ノルマに追われるセールスはつい値引き見積もりを出してしまう。これに歯止めを掛けるには、マネージャー層、支店長レベルが介入し、調整することが不可欠。これら現場ミドルマネージメントの意識とコミットメント次第でコンフリクトの発生比率は決まる。

現場レベルの人材入れ替えによってようやく会社方針としてのCode of conductの実効性が担保された。

リーマンショックが背中を押したリストラ

２００８年にリーマンショックが起こると、一気にビジネスが停滞しモノが売れなくなった。複合機の販売はほぼ全てがリース契約だが、リーマンショックでリースを請け負う大手金融機関の経営状況が軒並み悪化し、リース承認基準が非常に厳しくなったのだ。これまで問題無く通っていたリース承認が下りない。需要の低迷に加え、リース問題が大きな障害となり売上が激減。固定費が大きいビジネスなだけに利益も赤字化し、赤字幅もみるみる増大した。リーマンショックが日本で実感として認識されるまでに時差があり、発生から数か月は、日本本社と話が噛み合わない。私は本社に呼び出され、状況を説明するが、本社トップは「言い訳するな。もっと売れ。赤字を止めろ」の一点張り。

私は現地従業員の生活すら保障できない追い詰められた状況で、社長命令だろうがなんだろうが出来ないものは出来ない。この環境下で売上拡大、利益倍増の号令は混乱以外何ももたらさない。今は統合後の課題であるリストラを断行し固定費を圧縮する絶好の機会である。思い切ったリストラ費用による今年度の大赤字を認めて欲しい旨を伝え米国にとんぼ返りした。

実際、リーマンショックは人員削減と人材入れ替えを断行するまたとない機会となった。

従業員８０００名の2割近くに及ぶ１５００名以上のリストラを断行した。幹部の退職勧告は私自身が行った。怒り出すもの、泣き出すもの、身体を震わせ懇願されるケースもあった。その中には長い付き合いの相手もおり、通告するこちらが涙することもあった。

正直その当時は自分がとんでもない事をしているという後ろめたさが大きかったが、時間が経ち、退社を余儀なくされた多くの人たちが新天地で活躍する姿を確認し、何よりも自社の統合が進んだことに安堵した。

それなりの退職金と再就職支援を行った為、２００８年度の最終損益は大きな赤字を計上したが、翌年度期中からは黒字転換するV字回復を達成した。その後、統合販社内外の結束と収益性の改善が一気に進み、米国販社と私に対する評価も変わった。私は本社の役員に昇格した。正直、米国販社社長就任ほどの感動は無かった。実質的に年収が上がったことは有難かった。それだけだ。

アメリカでのエピソード

□ Expense Report

これは統合前の経験だが、有能で信頼していた部下が会社のクレジットカードを個人の買い物に使ったことが発覚し、辞職させた経験がある。出来心からの不正で金額も少額であったが、不正は不正だ。

会社で起こる不正に関して言えば、生まれついての悪人が悪事を犯す訳ではない。普段は常識ある真面目な社員が出来心で過ちを犯すのだ。そしてそれが発覚しないとエスカレートしていく。大切なことは過ちを犯させないよう、会社が隙を与えないこと。Expense Report経費精算には上長確認のサインが要る。面倒でもきちっとチェックしめくら判を押さないことで無用な不正から部下を守ることが上司の役目だと肝に銘じた。

これは相手がRTやBTといった大物でも同様。RTがチームに参加して間もなく、彼の高額の交際費のExpense Reportが私のところに回って来た。経理部長は既にOKのサイン済み。私はRTを呼び説明を求めた。彼は前の会社で付き合いの深い販売店をリクルートする為の接待であると説明した。目的に疑問は無いが、金額が大き過ぎることを注意した。

まさか交際費のチェックを私にされるとは思っていなかったのだろう。彼は、気に入らないのなら自腹で払うと気色ばんだ。私は、「気分を害さず聞いて欲しい。必要な経費は当然会社が払う。但し、当社では個別の交際費は抑えるよう指示してきた。貴方のExpense Reportは経理担当も見ている。ダブルスタンダードを作りたくない。理解して欲しい」と丁寧に説明した。RTは“Understood”と短く応え席を立った。それ以降交際費に関し二人の間で問題になるようなことは二度と起きなかった。始めが肝心なのだ。

その時に思い出したのが、ドイツでのB事件の教訓だった。

□ Chief Entertainment Officer

Chief Entertainment Officerとしてデビュー以降、実際に私はあらゆる機会でギターを抱え歌った。ディーラーや直販セールスを連れての海外報奨旅行では私のパフォーマンスは定番となった。音楽好きの社員と共にバンドを結成し、クリスマスパーティで演奏した。

練習は本社地下のオードトリウムで毎週水曜日に行う。騒音を響かせ中高生のノリである。

残業中の社員が「うるさい」と怒鳴り込んでくる。ステージ上で金切声を上げているのがＣＥＯだと分かり困惑の体。

私「今日はNo残業Dayだよね」

社員「今、帰るとこです。いい曲ですね」立派なパワハラだ。

やがて歌って踊れる日本人ＣＥＯが話題となりウォールストリートジャーナル紙、ニューヨークタイムズ紙、Records（地域紙）の取材を受け、歌って稼ぐＣＥＯの記事が掲載される。

□ジャック・ウェルチ
ＧＥ元会長のジャック・ウェルチ氏とのランチも思い出深い。ＧＥ社金融部門の大手顧客であった当社の新社長としてウェルチ氏の講演会に招かれ、講演後のランチでのテーブルはウェルチ氏の隣という厚遇を受けた。私は彼のビジネス哲学を語った本を愛読していたので、話題には事欠かない。しかし、私は敢えて挑戦的な質問をした。

「過去に遡ってでもやり直したいと思う失敗はありますか？」

彼は即答した。「失敗は本に書けないくらいいっぱいあるよ。だから本に書ける程度の成功があるのだよ。失敗をやり直すなんて、人生をやり直すのと同じで無理だよ」

それからはウェルチ氏を囲んだTableは参加者の失敗談に花が咲いた。現役を退いたウェルチ氏の印象は、人間味溢れる好々爺だった。カリスマ経営者は必ずしも魔法のような経営手法を駆使する超人ではなく、偉大な常識者なのだろう。難しい経営課題に正面から向き合い、奇策ではなく常識を持って突破していく。感情に流されず常識を失わない経営というのは実は簡単ではない。信念と胆力を要する。そういう人格者が会社と人を育てるのだ。

□SAP CEO

ウェルチ氏と対極にあるアメリカ人企業家が元SAP CEO Bill McDermottだ。

彼は2014年にドイツSAP本社のトップに上り詰めるが、私が出会った2005年当時は米SAP社の販売部門長だった。若く、細身で長身のBillは映画俳優ばりの2枚目で、出世欲ギラギラのやり手営業マンという印象を受けた。セールスオートメーションの導入を検討していた当社はその選択肢としてOracleとSAPを比較検討していた。

トップセールスが売りのBillは私との会食をセットし、高級レストランで高級ワインをポンポン開けながら私の肩を叩き、"You are my friend."を連発。

Bill「私が愛用するマンハッタンにあるスーツの仕立て屋を紹介するよ」

私「私は小柄なので日本の職人に頼むことにしている。ＡＯＫＩという店だ」
Bill「僕のカントリークラブでゴルフをやろう。ヘリで迎えに行くよ。自宅か会社にヘリポートあるかい」
私「私は高所恐怖症でヘリは苦手なんだ」（そんなもんあるか。車庫も手動だぞ）

日米の給与格差は大きく、８千人規模の会社トップともなれば年収数Mil$（数億円）は当たり前と思われているのだ。実際のところ、米販社社長就任時の私は本社では部長職でアメリカのマネージャークラスにも及ばない給与レベルだった。米販社のＣＦＯから〝社長なんだから給料上げたらどうか〟と真剣にアドバイスを受けたこともある。私は日本で国内給をたくさん貰っているので大丈夫と嘘をついた。

Bill はその後ドイツＳＡＰ本社のトップに上り詰め、ＳＡＰは世界に冠たる大企業向けＥＲＰ（基幹ＩＴシステム）の世界標準となる。彼の強引な営業スタイルも必死さの表れだったのかもしれない。

□ジョーダンみたいな話

ある年のセールス報奨旅行でバハマを訪れた際、ホテルのカジノであのマイケル・

ジョーダンと遭遇したことがある。マイケルは高額の個人用テーブルでルーレットを楽しんでいた。マイケルを発見したADHDの私は周囲が止める隙もなく、マイケルに突進した。握手しようと手を差し出した瞬間、私は両腕を二人の黒人ボディガードにつかまれた。両足をバタつかせながらマイケルから遠ざけられ、カジノの外で解放された。

目を剝いて驚くマイケルの顔が忘れられない。ジョーダンになってなかった。

Goodbye America

13年に及ぶアメリカ勤務ではとてつもない苦労の連続ではあったが、特に社長就任以降は遣り甲斐もあり、サラリーマンからビジネスマンへ進化出来た時期でもあった。

サラリーマンとビジネスマンの違いは何か。サラリーマンは給与の為に働くが、ビジネスマンは〝事業目標と自己実現を連動させ、自分の収入は自分で稼ぐ〟。


2010年3月末に帰国することが決まり、複雑な思いが駆け巡った。

家族ともども永住権グリーンカードを取得していたので、転職しアメリカに残る選択肢もないではなかったが、自分の実力、業界や社内での立ち位置、家族の今後諸々を総合的に考えると帰国し、コニカミノルタの販売本部長としてグローバルに仕事をすることが最善策であろうとの結論に至った。妻と娘は高校卒業までの1年は現地に残り、私と現地で大学を卒業した息子の二人が先に帰国した。

帰国した私は、その後に開かれた全米販売店を集めたUSでのイベントに呼ばれた。

その会場で販売店会を代表して会長から私にプレゼントが手渡されたのだが、なんとEaglesのメンバーの直筆サインが入ったギターだった。

そしてその晩のパーティではBlues Brothersを呼んでのライブのステージ

Blues Brothers

に私は担ぎ上げられた。社長デビューもギターを担いで登場したが、最後もやはりギターを弾いて終わることとなった。

第三章　家族を通して知る世界

これまでビジネスマンである私の主に仕事での経験談、エピソードを紹介してきたが、この章では家族を通して知る世界を実際のエピソードと共に振り返ってみたい。

私が妻と結婚したのは1983年である。妻は同じ小西六写真工業で働く同僚、いわゆる社内結婚、正確に言えば職場結婚だ。結論を先に言うと、妻との結婚によってその後の私の人生は好転していく。妻の人生が好転であったかどうかは恐くて聞けない。

結婚4年後の1987年ドイツ駐在に帯同し、妻にとっても初めての海外生活がスタートすることになる。

ハンブルクの暮らし

ドイツ北部に位置するハンブルクは市内に湖を擁し、エルベ川が流れる美しい港町であるが、年間通して空はどんより曇っている。太陽の光に緑が輝くのは5月の数週間程度。冬は非常に寒い。ハンブルクは北緯53度と日本北端45度よりずっと北にあり、冬は氷点下30度近くになる。先にも述べたが、ドイツ人は規律に厳格で、特に北部のドイツ人は天気同様あまり陽気な感じはしない。会社では英語が公用語だが、町中ではドイツ語だ。最近は知らないが、36年前のハンブルクには便利なスーパーやコンビニはなく、食料品の買い物は町に開かれるマルクト（市場）に行く。野菜、肉類、魚介、パン、チーズと一通り揃っているが全て量り売りだ。北国なのでジャガイモ以外の野菜はほぼ東欧や南欧からの輸入で種類も少ない。今でこそ世界中で日本食は人気があり日本食材はどこでも手に入るが、当時のハンブルクには皆無。日本人駐在員が多く住むデュッセルドルフまで行かないと手に入らなかった。こういった環境下で初海外駐在員の妻が生活していく為にはドイツ語の習得は不可避であり、先輩駐在員家族に教わりながらひとつひとつ生活ノウハウを蓄積していくしかない。妻は市内のベルリッツに通ってドイツ語を学んだ。生活上避けられないので1年も経たないうちに生活上必要な会話レベルまで上達した。一方、私もベルリッツには通ったものの会社では英語なのであまり上達せず、ビヤホールでの注文レベルに留まった。若い我々夫婦は安アパートで暮らし始めた。キッチン設備は貧弱で湯沸かし器が小さく、冬の洗い物は苦労する。洗濯機も持っておらず、アパートの薄暗い地下の奥の共同洗濯機を使っていた。

昼間でも薄暗く妻は怖がっていた。ある日、その薄暗い洗濯場の地下から鷲鼻の老婆がふいに現れ妻の心臓が止まりそうになったらしい。その老婆はうちの2階の住人で、洗濯場に行くと必ず出くわすというので妻はその女性をワッセン婆さん（洗濯婆さん）と呼んでいた。

私が出勤する時間にいつも散歩から帰ってくるお爺さんがいて「モーゲン」と挨拶してくれる。このモーゲン爺さんはワッセン婆さんの上の3階に住んでいた。この穏やかなモーゲン爺さんがある日若い日本人の妻にこんな主旨のことを言ったらしい。

「世界は早晩行き詰まる。悪いことは言わない。子供は作らない方がいい。彼らの時代に世界がどうなっているかは分からないし、責任が持てない。私の子供達にも同じことを伝えている」35年以上前のことだ。当時はいきなり何を言い出すのかと不可解に思ったが、今となってみると慧眼と言えはしまいか。地球温暖化による異常気象が常態化し、毎年世界のあちらこちらで多くの人命が失われている。戦争や紛争が絶えることもなく犠牲者は増え続けている。未来に希望の持てない世界にどんどん近づいている。そしてそのスピードは私たちが思っている以上に速い。モーゲン爺さんはそのことに既に気付いていたに違いない。

あの当時ドイツでは同棲はするが結婚しない、子供を持たないカップルは多いと聞かされていた。事実、会社の中にもそういう社員は何人かいた。

我が家には1600ccの小型BMWの中古が1台しかなく、私が通勤に使うので妻は買い物も全てバスか電車か歩きだ。極寒の冬に重たい食料品を抱え電車とバスを乗り継いでの買い物は大変だったに違いない。また限られた手に入る食材で工夫して日本食を作ってくれた。とうふも手作りしていた。

ドイツでは一軒家でもアパートでも外に面した庭や窓は綺麗にしておくことが常識だ。手入れが悪い庭や町の景観を悪くする窓などにはクレームレターが届く。我が家に日本人が住んだ証しにと桜の木を植えた。庭の真ん中に穴を掘り始めると、2階からワッセン婆さんの指導が入る。日本人新参者の一挙一動を監視しているのだ。「穴はもっと大きく、もっと深く、水をバケツ2杯半入れなさい」と指示は細かい。苦労して植えた桜だが、モノマネ事件により翌年イタリアに異動したので桜の花見は楽しめなかった。

監視、クレームと息の詰まるドイツだが、クリスマスシーズンになると、街中が白一色

Hamburg

に統一された窓辺の飾りがなんともシンプルながら清楚で美しい。ニューヨークの豪勢なクリスマスツリーも良いが、私はドイツのクリスマスが好きだ。

話は変わるが、ドイツに駐在した翌年の１９８６年４月26日、当時のソビエト連邦に属していたウクライナ共和国のチェルノブイリ原子力発電所で事故が発生した。事故原因は根本的な設計の欠陥と運転員への不十分な教育にもかかわらず特殊な運転を強行した実態ということが時を経て明らかとなった。

自然災害もそうだが、原発事故においても人間が線引きした国境など意味をなさず、放射能の雨はヨーロッパ大陸全域に降り注いだ。しかし事故発生当初ソビエト政府は正確な情報開示を行わず、ソビエト国内のみならず欧州各国に暮らす人々は無防備に放射能を浴びせられた。ドイツの対応は素早かった。独自にドイツ各地域で放射線濃度を測定し公開した。

例えば、野菜や肉類といった食べ物の汚染濃度を測定し、地域毎、食品毎に毎日ニュースで告知していた。とはいえ汚染濃度の値を見てもどこまでが安全範囲かは一般市民には判定出来ない。結局は欧州全土にわたり結構な放射線汚染食料を摂取していたに違いない。

事故が起こった原子炉は石棺と呼ばれる分厚いコンクリート構造物で封じ込められるが、

高濃度に汚染された近隣13の村は事故後少なくとも300年は住めないと言われている。

また同じ1986年には、イギリスでBSEこと狂牛病が報告された。BSEに感染した牛は異常行動を起こす。発覚当時には病気の原因、感染経路、人間への影響等は十分に解明されておらず、パニック的にイギリス産牛肉の輸入を制限する以外有効な対応手段はなかった。

いつの間にか話題にならなくなって忘れ去られた感があるが、現時点でネット検索しても人体への影響等の明確な情報は見当たらない。私達夫婦は1986年当時欧州で生活していた、即ちイギリス産牛肉を摂取した可能性があるとして日本において献血が出来ない。

こういう災害やパンデミック等不測の事態に海外で遭遇すると、正確な情報を入手し適切に対応することは極めて難しく不安に陥る。現地で信頼できる知人のネットワークを持つこと、隣人と普段から密にコミュニケーションを取っておくことが大切である。

ドイツ2年目に入った夏、私は妻をハンブルクに残しイタリア新販社設立プロジェクトの為ミラノに単身移った。長期滞在アパートに部屋を借りプロジェクトに取り掛かった。

妻はミラノに移る前に一時帰国し、その一時帰国中に妊娠していることが判明した。我々夫婦にとって初めての経験だ。

その時点でどこで出産するか三つのオプションが考えられた。①日本、②ドイツ、③イタリア。常識的に考えれば①だろう。しかし、我々は③を選んだ。

ミラノでの初産

妻は身重の身体でミラノにやってきた。私は日本人駐在員も多く住む郊外のミラノトレという新興住宅地（マンション）で妻を迎えた。ハンブルクの古アパートと違い新築だ。キッチン設備、洗濯機、諸々発注は終わっていたのだが、そこはイタリア、なかなか進まない。妻がミラノに来た時点では、洗濯機も無ければ冷蔵庫もなかった。ドイツからの引っ越し荷物はイタリア税関での手続きによって留められていた。妻は大きな金たらいで洗濯をし、冷蔵庫が無いので段ボールに野菜を入れテラスに置いた。

日本在住経験があり奥様は日本人という元宣教師、新イタリア販社の総務担当であるPさんを伴い、なにはともあれ産婦人科を訪れた。妻のお腹に木製の聴診器をあてイタリア人産婦人科医は言った。「おめでとう。お目出度ですね」私は、「分かっています。だからここに来たのです。今後の注意事項をお願いします」と言いたかったが、イタリア語がしゃべれないので、じっと我慢した。医者とPさんの世間話が延々と続き、今後の経過観察や出産準備に関するアドバイスはほとんど得られなかった。

出産は大きな病院を探すことにした。間もなく義理の姉（兄の奥さん）から出産育児に関する本が送られてきた。妻は覚悟を決め自ら出産に関する知識を集め準備をした。

1988年6月に第一子（長男）がミラノのファーテベーネ・フラテッリ病院で誕生した。

病院の外見は美術館のようなイタリア建築で素敵なのだが、肝心の医療レベルは遅れていた。

妻が入院した大部屋には5人の妊婦さんがいた。高齢出産の女性、帝王切開の痛みで夜通し呻く女性、死産で泣き崩れる女性、ジプシーと思われる15歳の少女、そして日本人の我が妻である。イタリアらしく医療設備は古く、サービスはスロー。食事だけは美味しかったらしい。日本人の赤ん坊が珍しいのか、一目見ようと新生児室の廊下には人だかりが出来る始末。私が父親ですと割り込むと拍手と「タンテアウグーリ・おめでとう」の合唱が起きた。

問題が起こるのはここからだった。妻は出産5日後に退院したのだが、息子は退院出来ないと言われた。日本人の新生児によくある黄疸症状に不慣れなイタリアの医者は原因を探ってあらゆる検査を行った。我々夫婦の血液検査もされた。息子への治療は赤外線をあてるくらいのことで、経過観察の日々が続いた。その間、私は毎日妻の母乳を病院に届けた。不安を抱えた忍耐の日々を送っていた。

結局原因不明のまま症状が改善したことで、誕生から21日目にして息子を我が家に迎えることが出来た。まるで親戚のように待ちわびていた近所のイタリア人や駐在員仲間が殺到した。イタリア人は元来子供好きで、女性のみならずオジサンや若い男性も子供に優しい。妻が一人でベビーカーを押して電車に乗ろうとすると、周囲の誰かしらが助けてくれるらしい。私は、男性陣は子供に優しいのではなく、若い女性に調子が良いだけではないかと疑っていた。出産後の母子の世話の為ミラノに来ていた義母は、息子が退院するまでの間ミラノ観光を楽しんでいた。

私は販社立ち上げの激務の中にありながらも子育てを楽しんだ。オムツを替え、ミルクを飲ませ、家にいる間は四六時中息子を肩にのせていた。歩くようになると逃げる私を息子が追いかける。私をつかまえると〝ゲタゲタゲタ〟と笑う。これが面白くて私はどんどんエスカレートする。ADHDの本領発揮だ。最後はどっちが遊んでもらっているのか分からない。

ミラノには多くの日本企業が進出しており駐在員も多かった。我々が住む郊外の新興住宅地も駐在員に人気があり日本人家族が多く皆とても仲が良かった。お互いの家を行ったり来たりして交流し助け合っていた。週末は十数人が集まってテニスをやるのが恒例で、テニスの後のビールを皆で楽しんだ。勿論息子も連れていくのだが、誰かしらが交代で面倒をみてくれた。昔の長屋暮らしのようなものだ。イタリアのレストランは子供も受け入れてくれる。我々は子連れでミラノ近郊の小旅行を結構楽しんだ。イタリアでの私生活は、日々の生活の中に人生の喜びを見出すというイタリア流を学び体感する貴重な機会になった。

一時帰国でマンション購入、その結末

長男が生まれた１９８８年の夏に日本に一時帰国した。私の父、義父への初孫披露だ。

Milano

その当時の日本はバブル絶頂期で住宅価格が高騰していた。義父曰く、「住宅価格の高騰が続けば一般サラリーマンでは東京に家を買えなくなるかもしれない」急遽、帰国後の住居購入の検討が始まった。私は後先をあまり考えないので、一旦決めるとやる事は速い。週刊住宅情報を購入し目ぼしい物件を洗い出すと不動産屋に駆け込んだ。10件程度に絞り込んだ物件を2日間で見て回り、ひとつの候補に絞り込んだ。

実は、母が亡くなってから一人暮らしを続ける父との同居を考えていたのだ。私も兄も海外駐在をしており、父には寂しい思いをさせていた。妻も同意してくれ話は進んだ。多摩ニュータウンにあるグレードの高い広めのマンションを6200万円で購入した。我々の貯蓄を叩き、父にも相応の負担をお願いし、不足分は私がローンで賄った。

こうして一時帰国という短期間に一生の買い物、しかも父との同居という未知数のリスクを懸けて決めてしまったのである。この物件の売り主は当時韓国に駐在する外交官だった。

売り手、買い手共に海外駐在という特殊な売買は手続きが面倒で膨大な書類を必要とした。

私は一時帰国の時間全てを住居購入に費やし契約は成立した。

やがて1990年末にイタリアから帰国し、再び米国駐在する'97年までの間そのマンションで暮らした。1993年に長女が誕生した。長男はミラノ生まれに対し、長女は八王子生まれという響きに長女は後に不満をもらした。

この間の父との同居は私の安直な父への同情がきっかけであったが、始まってみると現実は厳しかった。原因は私にあるのだが、海外からたまに帰国して会うのと毎日ひとつ屋根の下に暮らすのとでは訳が違う。親子とはいえ大正生まれ戦中派の父と昭和高度成長期の現役サラリーマンの私とでは生活習慣、価値観が噛み合わない。私は家に帰ると無口になった。親父も居心地が悪かったに違いない。最も大変だったのは妻だ。私とさえ価値観が違うのにそれより7歳年下の妻ともなればお互い共通の話題など見つからない。

家に閉じ籠る親父と仕事にかこつけて午前様の亭主の間に入り、二人の子供達を育てながら毎日三食親父の食事の用意をし、訳の分からぬ長話の相手をするのだ。そのストレスは幾ばくか。その当時私は現実から逃げていた。妻には本当に申し訳ないことをした。

今更謝って済むことではないが、我が人生最大の判断ミスだったことを認めざるを得ない。

後日、兄からも「お前は後先をよく考えず動くところがある。一言自分に相談して欲しかった」とダメ押しされた。反論の余地なし。

米国駐在に際し父は沼津の老人ホームに転居し、マンションは賃貸することにした。その後バブルは崩壊し住宅価格は暴落した。私は父の出資分を返済する為、6200万で購入したマンションを2500万で売却した。貯金もマンションも消え私にはローンだけが残った。狐につままれた思いと共にバブルの恐ろしさを痛感した。結局全責任は拙速に動いてしまった自分にある。天罰と受け止めアメリカでゼロから出直すことを誓った。

アメリカに渡る

アメリカに渡った時、長男は9歳、長女は4歳だった。長男はイタリア生まれとはいえ、2歳で帰国しておりイタリアの記憶はない。アメリカでの小学校初登校の時は不安と緊張からか身体が震えていた。私が教室まで同行し、英語の話せない息子に代わって挨拶をした。

私の仕事とアメリカに来た訳を説明した。息子は英語が話せないが、優しく、ユーモアのセンスある子供だから仲良くして欲しいと伝えた。そこからの息子のチャレンジは相当大変だったと思う。英語を母国語としない子供の為のＥＳＬ（English as Second Language）のサポートを受けながら普通クラスに追いついていかねばならない。

海外駐在すると帯同子弟は自動的にバイリンガルになるような誤解があるが、決してそんなことはない。日本人の子供が漢字ドリルで言葉を覚えていくように英単語をひとつひとつ覚えていくしかない。また英語には日本語にない発音がたくさんあり、言語学者によると言語の発音は9歳までに獲得しないとNativeにならないらしい。中高であれだけ勉強している日本人が英語を苦手にするのは日本の教育システムにあるのだ。幼少期に本物の英語の発音に触れていないのだ。そういう意味では4歳だった娘の方が英語習得に関してはハードルが低かった筈だ。最終的には息子はペンシルバニア州立大学を卒業し、英語は完全なものとなった。娘は4歳から高校卒業までアメリカで教育を受けたので、英語はアメリカ人同等、むしろ日本語の課題が残った。英語を習得することも大変なのだが、同時にアメリカで暮らしながら日本語を身に付け、維持することは更に困難を極める。

家族がＪＦＫ空港に到着した時、私は大きなストレッチリムジンで出迎えた。予想通り子供たちは大喜びだ。

私達家族が初めに駐在したのは、アメリカ北東部のコネチカット州ハートフォード市の郊外にあるAvonという自然豊かな地域だった。秋には一面真っ赤な絨毯を敷いたような紅葉が広がり実に美しい。山頂からの３６０度のパノラマは絶景だ。

私たちは、山のふもとに開発されたハンターズランというコンドミニアム地区で新生活をスタートした。その住宅群の中央にはテニス場と室内プールがあった。道を隔てパブリックのゴルフ場があり、子供連れで回れる。アメリカは豊かだ。

しかし住んでみて分かったのだがそのコンドミニアム群住民の多くは引退したシニア夫婦で子育て世代はあまり見かけない。結局2年足らずで子供たちの同級生が多く住む地区の一軒家に引っ越した。庭の広い一軒家の暮らしは快適でもあり厄介でもある。最も苦労したのが冬の雪掻きと晩秋の落ち葉掃除だ。アメリカ人の家には除雪機とブロワーは必需品だ。庭とはいえちょっとした雑木林でたくさんの大きな樹木が信じられない量の落ち葉を降らせる。ガソリン式ブロワーを使っても一日仕事だ。そんな自然豊かな土地柄を表す事件が起きた。

家族が一時帰国中、私は3日間の出張を終えて夜遅く帰宅した。家に入るとなんだか生臭い。どこも特に荒らされた様子もなく、ドアや窓も鍵は締まっている。私は各部屋を点検した。特に異常はないなと思いつつ最後に入った長男の部屋のクローゼットの隅から私を見つめる二つの目に気付いた。ラクーン（アライグマ）だ。じっと寝転がったままこちらを凝視している。私は一旦部屋を出た。家から追い出す為あちらこちらのドアや窓を開け放ち、ゴルフクラブを握ってアライグマのもとへ戻った。シッと声を掛け追い出そうと試みるがアライグマは一向に動こうとしない。怪我でもしているのか？　そう思った瞬間アライグマが私の脇をすり抜け部屋を出ていった。そこには3匹のアライグマの赤ちゃんが居た。生まれたばかりだろう。母親が動こうとしなかった理由が分かった。部屋の外に出てみると母親は廊下をうろうろしている。私はゴルフクラブを振り回し追い出そうとするが家中の壁や天井をつたい逃げ回る。恐怖心からかオシッコを垂れ流している。私ではなくアライグマだ。私は廊下にまき散らされたオシッコに足を滑らせすってんころりん。全身アライグマの尿まみれ。家中追い回したあげくアライグマは半地下にある暖炉の中に逃げ込んだ。すかさず暖炉の扉を閉じた。フー、疲労困憊だ。格闘は20分程度だったのだろうが、2時間くらいに感じられた。18ホールで150くらいたたいた気分だ。この映像を残せたら『世界仰天ニュース』で採用間違いなしだったたろう。

さて赤ん坊たちをどうするか。夜遅くにアライグマの尿まみれで隣人宅を訪れるのも躊躇われたので、娘の同級生で家族付き合いのあるキャロルに電話し相談した。親の捕獲ならアニマルコントロールを呼ぶのが常道だが、既に追い出したのなら赤ん坊はタオルにくるみ段ボール箱に入れて母親が気付きそうな場所に置いておくのが良い。但し、手袋をして赤ん坊に人間の臭いを付けないようにと的確なアドバイスをくれた。流石ドイツ系アメリカ人、対処法がしっかりしている。旦那さんはギリシャ人なので人は良いが、この手のことにはあまり頼りがいがない。私はキャロルの指示通りに処置した。

さて修羅場化した家の清掃だ。間の悪いことに明日家族が日本から戻ってくるのだ。私は家中を臭いが消えるまで何度も拭き掃除し、洗濯をし、そしてシャワーを浴びた。缶ビールを開けた時には既に日が昇り始めていた。段ボールを見に行くと、3匹のうち2匹の姿は消えており残された1匹は冷たくなっていた。家族が戻る前に庭の奥に埋葬した。

コネチカットの住民はキリスト教徒の白人が多く、昔ながらのアメリカを彷彿とさせる土地柄で、日本人は極めて少ない。地域の小学校に通う日本人は会社の同僚のお子さんとうちの息子二人だけだった。娘の通う幼稚園では日本人は娘のみ。

白人のみで多様性に欠ける地域は外国人にとっては閉鎖的で溶け込み難く、正直人種差別は存在する。子供たちは実際差別やいじめを受けながらも自分なりにはね除けて生きてきたのだと思う。妻はもっと切実に自分と子供たちに降りかかる差別に晒されて来たと言う。

私は会社にポジションがあり守られているが、家族は生身のまま米国地域社会に放り込まれるのだ。ドイツでもそうだったように、現地の言葉を習得しコミュニケーションを深める以外に差別を緩和し信頼関係や友好関係を深める手立てはない。単身赴任で海外駐在し、会社と家の往復のみの生活、会社でも自部門の狭い世界で決まった仕事のみをこなす駐在員も少なくない。日本で働くのとなんら変わりはない。家族を通して知る生の現地事情こそ広い意味で駐在員が真の国際人として鍛えられる大事な側面だと思う。

日本人学校

私達家族が暮らすハートフォード市に住む日本人家族は少数なので、現地に日本政府公認の日本人学校はなかった。進出している日本企業で日本人駐在員が複数いたのはコニカくらいであった。歴代のコニカ駐在員が中心となって手作りの日本語補習校を運営していた。

コニカ以外では日本企業から米企業への出向者、米企業に勤める日本人家族、米人と結婚した家族などの十数家族の小学生25〜30名を対象に土曜日の午前中に授業を行っていた。当時の文部省から教科書と補助金を受け、不足分は各家族から授業料として徴収していた。

教師役は日本人の親が受け持つ。私は先生役と共に運営委員長という厄介な役回りを仰せつかっていた。次の通り多岐にわたる仕事を一人でこなしていた。

- ▪文部省への補助金申請
- ▪教科書配布申請
- ▪学年別クラス配置と先生役の任命
- ▪授業料の徴収
- ▪月次会計処理と年間決算
- ▪備品の買い出しと整備、棚卸
- ▪欠席教師の穴埋め

会社と違って保護者に上下関係は無いので、全ては話し合いをベースに合意形成し、運営していくのだが、それぞれの家族の家庭事情も異なり必ずしも公平性は保てない。不均衡部分をコニカが会社として補助したり、社員家族が余計に仕事を受け持つことでなんとかやりくりしていた。運営委員長の仕事は正にコニカ社員によるボランティアの極みなのだ。ある意味会社の仕事以上に大変で、私の週末はほぼ日本人学校の仕事で埋まっていた。

教育成果に関して言えば正直かなり低かった。一方様々なバックグラウンドの日本人または日系家族が土曜日の午前中に集まり、子供同士、親同士が雑談することに意義があったように思う。様々な情報交換や相談事、アメリカ人の悪口を言ってストレス発散したりと親にとっても安らぎの場を提供していたと思えば苦労も報われる。

因みに私がＮＪに移る際運営委員長の引き受け手が見つからず、コニカの３人の社員保護者に分担して引き継いだ。この時に始めから分担しておけば良かったことに気付かされた。

結局私はいいようにこき使われていた訳だ。

9・11

コネチカット時代の忘れられない事件と言えばなんといっても同時多発テロ9・11だ。

２００1年の9月11日の早朝、サウスカロライナで行われるディーラーカウンシル（販売店評議会）に出張する為私は同僚と共にハートフォードの空港で搭乗便を待っていた。

すると空港のＴＶに人だかりが出来大騒ぎとなった。マンハッタンの世界貿易センタービルに飛行機が突っ込む衝撃の映像が流れていた。やがて全米のフライトがキャンセルとのアナウンスが流れる。我々は一旦オフィスに戻ることにした。オフィスに戻ると皆TVにくぎ付けだ。ニュースではなんと事故ではなくテロの可能性を言及している。しばらくすると2機目が突っ込んだ。中継の報道記者は絶叫。もう報道の体をなしていない。ただただCG映画としか思えない映像が繰り返し映し出されている。そして貿易センターのツインタワーが上層部から積み木崩しの如く崩壊していった。一棟、そして二棟目も。

襲い掛かるビル崩壊による煙幕と熱風から逃れる為懸命に走る人々、全身灰を被って呆然と立ち尽くす住民。被害のビルに勤務する人の家族か、ただ夫の名を泣き叫ぶ女性。上層階の窓から炎を逃れ飛び降りる人の姿も映し出されていた。地獄絵図としか言いようがない。

報道は早い段階で首謀者がビン・ラディンではないかと特定した。そして彼が潜伏するとみられるタリバンの拠点アフガニスタンに米軍は侵攻することになる。

当時の大統領G・W・ブッシュは、アフガン侵攻後、更にイラクをテロ支援国と断定し大量破壊兵器を保有するとの理由でイラクを攻撃、サダム・フセインを捕らえ処刑した。

しかし、大量破壊兵器は発見されなかった。そしてオバマ大統領の時代にビン・ラディンを空爆により殺害した。私には正義がどこにありどちらがテロリストなのかテロリストの定義が分からない。東海岸都市部の知識層の受け止めは、必ずしもブッシュ政権の解釈とは同じではないように感じた。ニューヨークやコネチカットは民主党支持のリベラル派が多く、ブッシュやトランプを盲目的に支持する中西部の農民や工場労働者に見られるやや感情的なアメリカFirst、自分First視点とは異なる。教育レベルが比較的高く、国際ビジネス従事者も多く、理性的世界観を持つ人が多いように思う。同時多発テロに際しアメリカ本土が攻撃された衝撃に怒りのみではなく、超大国アメリカの驕り、行き過ぎた資本主義とその結果としての格差、貧困というGlobalな社会課題に問題意識を持ち始め、9・11以降アメリカ社会に内省の機運が芽生えたようにその時は感じたのだが。

私達駐在員が仕事で接するビジネスマンは世界観を共有できるコスモポリタンが多い。但しそれはアメリカ人の一部の層に過ぎない。大多数の国民はそうではない。中西部の農民や工場労働者のほとんどはニューヨークにすら行ったことが無いのだ。そういう人達の票がアメリカ大統領を決める。日本の選挙も同様で地方選挙で選ばれるのはオラが村の代弁者である。その地方議員が国政を担う。

システムは異なるものの日米共に政治システムの曲がり角に来ているように思う。

何が正しいかは人によっても違う。いつの時代もマスコミや権威の情報に流されず、自分の眼と耳で情報を吟味する習慣、自分の頭で考える力が求められる。

長男の巣立ち

家族の話に戻ろう。

長男は、9歳でアメリカに渡り小中学は現地公立校で学んだ。それなりに英語力も身に付け、学年に応じたカリキュラムにも追いついてきた。しかし当人は学業のみならずコネチカット白人社会の閉鎖性、差別に対する違和感は払拭出来ずにいたようだ。アメリカに移住した叔父に勧められると、ペンシルバニアにある私立校への進学を即決した。長男の高校進学の話の前にアメリカの叔父の話をしておこう。

□アメリカの叔父さん

叔父は妻の父親の弟だ。叔父は教育大（現筑波大）ボート部ＯＢ。

バイタリティ溢れる日本男児なのだが、生き方は同年代（戦後）の日本人とは異なる。権威、派閥、学閥、前例に縛られる日本に収まり切れず、30代で日本最後の移民船にてアメリカに移住する。叔父は渡米後柔道を教え苦学しながらテンプル大学で博士号を修める。その後伴侶となった叔母を日本から呼び寄せ、夫婦で事業を成功させたAmerican Dreamの体現者である。叔父のアドベンチャー人生は彼の著書に譲りここでは原口ファミリーへの影響に絞って記述することにする。

叔父は日本では教育者としてのキャリアを歩んでいたので子供の教育に関してはプロである。我が家の子育てに関しても適宜様々なアドバイスをくれた。アメリカでの子育てに悩んでいた我々にとっては頼りになる有難い存在だった。アメリカ駐在期間中、休暇の度にサウスカロライナのヒルトンヘッドというリゾート地に準引退暮らしをしている叔父家族を訪ねお世話になった。叔父の邸宅はゴルフ場に隣接した運河沿いにあり庭先で釣りも出来るしカヤックで運河を通って海に出ることも可能だ。ヒラメや、ストーンクラブという爪の大きい蟹は絶品だった。息子は一日中釣りに熱中し50㎝超の大物を釣りあげたこともある。9歳で渡米して以来、小学から中学までの成長過程を観察していた叔父は、イースター休暇でヒルトンヘッドを訪れていた長男にペンシルバニアにあるGeorge Schoolという私立高校への進学を勧めた。クエーカー教に端を発する独自の自由闊達な教育方針を掲げ世界中から留学生を受け入れている正にDiversityを体現した学校だった。叔父は現役時代はフィラデルフィアで会社経営をしており、母校であるテンプル大学の理事や地元のクエーカー高校に体育館を寄贈したり、日本人学校の運営に携わったりとアメリカでも学校教育支援をライフワークとしていた。長男の性格を理解する叔父は、白人中心のコネチカットの公立学校より自由闊達でDiversityに富むクエーカーの高校の方が息子の成長には有益だと考えていたのだ。休暇の帰りにGeorge Schoolを訪問することにした。仮にその高校に行くとなれば親元を離れ寮生活となるので息子には正直ハードルが高いと思っていたが、後学の為に見学だけでもしてみようと思ったのだ。

叔父が事前にアポを取ってくれたので、学校見学は充実したものとなった。高校とは思えないキャンパスの広大さと設備に圧倒された。説明の端々に生徒の自主性を尊重し大人として接するという教育方針が根付いていることが理解出来た。

見学後の車中で息子に感想を尋ねると、ちびまる子ちゃんの花輪クン口調で「ズバリ、行くでしょう」と即答した。叔父の読み通り本人もブレークスルーの為の環境を見出したのであろう。本人の意思を尊重し受験準備を開始した。

叔父のサポートもあって無事Geroge Schoolへの入学が決まり寮生活が始まる。

コネチカットの自宅からは車で片道5時間超掛かるので送っていくのも一日仕事だ。息子を一人寮に残して帰宅する車中で妻は大泣きした。男の子は目の前に新しい興味の対象が現れると意外と簡単に親離れするものだが、母親の方はそう簡単に子離れは出来ないのである。GSには日本人は息子以外にいなかったようだが、韓国人、中国人、インド人等アジアからの留学生も多く、皆自分らしく学校生活を楽しんでいたようだ。息子はレスリングを始め、軽量クラスではあるが地区の大会で優勝することもあった。

一方試合では鼻と腕を骨折し妻の心配は尽きなかった。

彼はレスリング以外にゴルフ部にも所属し、休みの度に腕を上げて帰って来た。ドライバーの飛距離は大きく置いていかれ、アイアンの弾道（高さ）が違う。息子の上達に反比例するかの如く私はゴルフから興味（自信）を失った。

全てが順調だった訳ではなく規則を破って親が学校に呼び出されたり、韓国人グループとの間で問題が起こったりと様々なトラブルや課題を経ながらもトータルとしては大きな成長の機会となったことは間違いない。

その後息子はペンシルバニア州立大学に進みマーケティングを学び卒業した。

Louという家族が増える

息子がＧＳへ進学しペンシルバニアへ旅立って間もなく、コニカ・ミノルタの統合が起こり我々はニュージャージーに引っ越すこととなった。

４歳でアメリカに来て10歳になった娘は、現地にも馴染み、友達も増え、ＮＪへの引っ越しに難色を示した。念願であった犬を飼うことを条件に妥協が成立。

娘はビーグルを狙っていた。大き過ぎず小さ過ぎず、アメリカで飼うならSnoopyだろうと実は私も思っていた。家族でペットショップに見に行くと黒々とした毛並みで元気の塊のようなビーグルのチビ犬が目に留まった。

娘は抱きかかえるともう離せない。そのまま娘が抱きかかえて連れて帰った。

Louという新たな家族の誕生である。ビーグルを飼ったことのある方はお分かりだろうが、それからは家中の家具はかじられ、ソファーは穴が開き、散歩と食事と排泄の世話で翻弄される日々。私は週末のみだが妻は毎日である。いや大変な家族を迎えたものだ。

でもやはり可愛い。手放せないし世話も嫌ではない。不思議なものだ。動物は言葉を話さないし犬の言葉は人間には分からないので癒されるのだと思う。

Lou

家族の帰国と義父の病気

前の章で既に触れたが、会社統合の節目で私は帰任を告げられた。そこで帰国準備を始め、娘は日本での中学受験をし、頌栄に入学が決まった。娘の日本語は覚束なく帰国子女枠で受験したが、その日本語レベルを示すエピソードだ。受験面接終了時面接官が娘に問うた。「試験は難しかった？」娘は応えた。「難しいより簡単だったでしょう」言わんとすることは分からんでもないが。

私は帰国に先立ち日本へ出張し帰国後の賃貸住宅を洗足という街に準備した。娘が通う予定の頌栄にも近い。しかし部屋は7Fにあり、Lou の用足しの為の上り下りの事を忘れていた。妻の足腰は鍛えられることとなる。

2005年2月、妻と娘は帰国した。成田空港に到着するとロビーに叔母が待っていた。娘と孫の帰りを鶴首していた筈の父親ではなく叔母が迎えに来ている？叔母の顔に微笑みはない。妻の顔を見るなり、「これから病院へ直行するわよ」と告げた。

実はこの時妻の父親は原因不明の体調不良で緊急入院していたのだ。病院に到着すると義父は鼻から酸素吸入をしていたが意識はある。不安そうな義母が付き添っている。

やがて病名は判明するのだがALSという難病だった。全身の筋肉が徐々に弛緩し動かなくなり最終的には呼吸も出来なくなる。以前から時折全身のだるさ、重いものが持てなくなる、息切れなどの予兆はあったらしい。ALSという難病には未だに治療法は無く、最終的には人工呼吸器の装着の是非判断を本人、家族が迫られる非情な病気である。

妻と娘の帰国のタイミングはある意味不幸中の幸いである。それからしばらく自宅での療養期間を共に過ごすことが出来たからだ。義父にとっては救いであったのは間違いない。

社長就任直後の慌ただしい日程の中、私は日本に出張し入院中の義父を見舞った。じっくり話せる状態ではなく、アメリカの社長就任の報告も出来なかった。後に義父は私の社長就任を直接聞いていないと文句を言っていたらしい。

義父を見舞い実家に帰ると家が荒らされていた。洋間のガラス窓が割られ、奥の和室の窓が開いたままだ。土足の足跡もある。病院通いで留守がちな実家を狙い泥棒が入ったのだ。

私はアメリカとの時差でボーッとする頭で警察を呼び対応した。

病気は徐々に進行し人工呼吸器の決断が迫るある夜、義父は調布の自宅で義母、妻、娘を茶の間に集め、自分の分も含め四つのウィスキーの水割りを作った。それをぐいと飲み干すと「まずい」と嘆いた。そしてその晩息を引き取ったのだ。

義父は酒が好きで酒豪だった。義父の兄弟も皆酒豪だ。私と妻の結納の後、父と私、義父と兄弟3名、計6名で飲んだ。ビールの大瓶20本入りケースが2ケース空いた。父は既にギブアップ、私もフラフラだ。更にこれからが本番と越乃寒梅の一升瓶が3本持ち込まれた。私は途中2度トイレで戻した。そして父に言った。「この結婚無理かもしれんばい」

義父とは結婚後もよく一緒に飲んだ。男気のある人情派、寅さん気質の人だった。最後も家族にこれ以上面倒を掛けまいと自ら別れの盃をあおったのかもしれない。合掌。

家庭と仕事を切り離せるか

家族のUターン

家庭は人が育ち生きていく上で不可欠な基盤であり、社会を構成する最小単位だ。社会を人間の身体に例えれば家庭は細胞みたいなものだ。家庭が崩壊するとがん細胞の如く毒素は増殖し社会に危害を及ぼす。特異な事件を起こす犯罪者の生い立ちには必ずと言っていいほど家庭崩壊がある。子供を虐待する親の多くは自分も親から虐待を受けた経験を持つという負の連鎖は事件が起こるたびに報道される。

私の家もそうだったが昭和30年代頃までは日本の家庭は核家族化しておらず構成員が多かった。うちは家族4人の他、両親の親兄妹、いとこなど誰かしらが同居していた。

隣近所との付き合いも密で家庭というものの範囲が今より曖昧でおおらかだったように思う。一方日本の高度成長期は同時期に始まり加速していく。その中心となる東京では家庭の様相が激変していく。核家族化が進み、いわゆるモーレツサラリーマンの夫であり父親は家庭から姿を消す。妻との結婚と同時に会社という運命共同体とも結婚してしまうのだ。仕事を優先し、家庭、子育ては妻任せである。当時は女性も専業主婦が当たり前でそのことに疑問を持つ人は少なかった。経済成長によってモーレツサラリーマンは皆それなりに出世し給料が上がった。その当時は日本中が熱に浮かされ深く考えることなく目の前の仕事に集中し成長の果実を味わったのだ。しかし、その間に失ったものの大きさに後に気付かされることになるのだが時既に遅しである。

家庭、即ち社会の細胞からの父性の消失は細胞そのものを変質させた。細胞の弱体化または免疫力の低下と言っても良いかもしれない。父母の両エンジンで飛ぶ飛行機が、母エンジンのみの片肺飛行しているような危うさがある。勿論様々な事情から片親家族も存在するが、日本全体の大多数の家族に父親が存在しながら家庭から姿を消す母子家庭化現象は一家族の問題に留まらず日本社会の有り様に影響を及ぼす。母性のみに守られて育つ子供は温室育ちとなる。母親が悪いのではない。外から自然環境そのものの野生の要素を持ち込むべき父親の存在が希薄なことが問題なのだ。

最近でこそようやく転勤のない会社が話題になるようになったが、これまで日本の会社では転勤は出世の必要要件と考えられており、子供が高学年になると夫の単身赴任は当たり前であった。結婚し子供は持ったものの、人生の大半を単身赴任で過ごしたサラリーマンは相当数いたし今でも存在する。そういう家庭では父親、夫は家庭にいないのが日常であり、年末年始に家族のもとに帰っても家族は自分たちの予定で動くので家には自分一人となる。一人カップラーメンをすすりながら紅白を見たという笑えない話は決して稀な例ではない。家庭からの父性の消失は妻や子供へのマイナス影響が大きいばかりではなく、会社と結婚（重婚）してしまった男性自身が失うものもとてつもなく大きいのだ。

私は初駐在のドイツ、初出産のイタリア、会社統合と社長就任という波乱のアメリカ全てに家族を帯同してきた。それが家庭の在り方として当たり前と思って生きてきた。会社の仕事や自分のポジションも勿論大事であり家族を養う収入の源でもある。家庭と仕事がどちらが大切かという二元論ではない。どちらが欠けても豊かな人生を送れない。うまくバランスをとってやっていくべきと考えている。

妻と娘は既に日本で新たな生活を築き始めている。最終的には本人たちが決めることであるが、私は家族のアメリカへのUターンを望んだ。

日本における、妻と娘そしてLouの生活は大変でもあり楽しくもあったようだ。娘は4歳でアメリカに渡ったので、日本の学校に行くのは初めてだ。日本人が日本の中学に通うことに何の問題もないようだが、娘は日本語のハンディがあり、日本の文化的コモンセンスが理解できない。居心地の良い部分とそうでない部分が混在する。自分のアイデンティティに悩み始めることとなる。結局娘は頌栄中学に3か月通ったのちアメリカへのUターンを選んだ。勿論このまま日本で生活することで日本語のハンディとカルチャーギャップを乗り越え日本人としてのアイデンティティを取り戻す選択肢にも心動かされたが、物心ついてからほぼ全ての時間を費やしてきたアメリカへの郷愁の方がその時点では勝ったのであろう。

妻は、長男を残してきたこともあり、娘が望むならとUターンに同意してくれた。

そうして随分遠回りしたが我がファミリーは再びＮＪアレンデールの地に集結した。

私は、家族のＵターンに先立ち、日本への出張時にLouを引き取り連れ帰った。Louが居ると引っ越し準備が進まない家族の為と同時に単身生活に弱い私の心の安定の為でもあった。

私の社長就任以降の仕事上の難局の連続は先の章に書いたが、そういう状況下での家族の存在は有難かった。また家族にとっても私のチャレンジを間近に垣間見る機会も多く、日本ではブラックボックスである父、夫の仕事への理解が深まり、家族の信頼関係が強固になる大切な時期となった。私は単身赴任を全面否定するつもりはないが、家族は出来る限り一緒に暮らした方が良いし、父親の子育てへの参加は不可欠だ。子育てによって親も育つ。ウェルビーイング社会の基礎は家庭にある。モーレツ社員であろうがなかろうが家族が一つ屋根の下で苦楽を共に出来る社会が望ましいと思う。

２０１０年３月に私は日本本社へ帰任するが、娘の高校卒業まで妻と娘は二人でアメリカに残った。アメリカは車社会なのでどこに行くにも送り迎えが要る。妻と娘の自由度を確保するためには娘にも車が必要だった。ＯＫするや娘は即決でジープを選んだ。

娘は大学進学をアメリカにするか日本にするか悩んだ。英語はNativeだし永住権もある。現地に友人も多く、アメリカの大学に進学しアメリカで生きていく選択肢もある。

ここでアイデンティティの問題に再び且つ深刻に直面する。私の帰国後、娘は悩み荒れていたようだ。両親が留守の友人宅でのパーティで飲み過ぎて病院に運ばれたこともある。近所の通報でパーティ会場の家にポリスがやって来た。この辺のポリスは皆顔見知りで娘のことも知っていた。飲酒で逮捕ということはなく、むしろ娘は小柄なので急性アルコール中毒を心配し病院へ連れていく事を妻に進言しパトカーで先導してくれたのだ。病院での看護師の対応は流石に冷たかったらしい。

結局娘は家族と共に日本へ帰る決断をし、ＩＣＵ・国際基督教大学に進学した。娘が日本に順応する為の言わば逆留学の環境としては正解であったと思う。

娘は日本で外資系の企業に勤めブランドマネージャーの道をアグレッシブに進んでいる。

一方息子は現地の大学を卒業し私と共に帰国した。男二人で暮らすのに便利な新宿の高層賃貸マンションを準備した。地下に大浴場、サウナ、トレーニングジムを完備しており、隣には室内ゴルフ練習場がある最高の環境に息子は喜んだ。27階からの新宿の眺望も良く、週末にはApplesの友人を呼んで鍋を囲み、ギターを弾き歌った。

息子は日本語学校に通いつつ就職活動をした。私も帰宅後エントリーシート作成や面接のアドバイスが毎晩の日課となった。息抜きの1杯をやりに新宿の街に二人して繰り出した。楽しい思い出だ。妻と娘が帰国するまでの1年だったが息子との絆を強めるまたとない機会となった。

翌年、妻と娘の帰国に先立ち中央線沿いに家族向け賃貸物件を探した。学生時代に友人とたむろしていた懐かしい街でもあり、娘の大学にも便利な吉祥寺に申し分ない一軒家を探し出し妻に連絡を入れた。喜ぶかと思いきや返信は、「もっといい物件あるよ」と更に高額の井の頭公園隣接の物件情報を送り返してきた。国境を超えるネット情報の氾濫と妻のアメリカスタンダードの住宅感覚にめまいを覚えた。勿論妻ご指定の一軒家に住んだ。

結果的には、ストレスまみれの本社勤務の期間を緑の中での愛犬との散歩やお気に入りのビアパブRogueでの週末のひと時が救いとなった。Rogueではプライベートライブもやらせてもらった。それ程広くない店内に30名を詰め込んでのライブは盛り上がった。コロナ禍以前の楽しい思い出だ。

また吉祥寺の丸井の裏通りにクアトロラボというアナログレコードをかける音楽好きには堪らない店があった。インターFMでLazy Sundayのパーソナリティをやっているジョージ・カックルが時々カウンターに入っていた。ジョージは同い年で音楽の趣味が近く、彼のいる日を狙って通っていた。コロナ禍に閉店してしまった。残念だ。

それにしても、私達家族は引っ越しの連続だった。通算13回住まいを変えた。初回マンション購入の失敗もあり、その後は賃貸主義でやってきたので自宅を持つことはなく、その時々の家族状況に最適な住宅と環境を手に入れてきた。そのことに満足している。


家族が見る世界、家族を通して知る世界には、国際化の一言で片付かない言語、人種、宗教、貧困、格差、差別といった生身の人間の本質、現実がある。

やはり家族、家庭こそが一国のみならず国際社会の最小単位、細胞なのではないか。

平和な世界は平和な家庭の集合体だと思う。ジョン・レノンが夢想したImagineの世界への道のりは遠い。

第四章　帰国して

竜宮城に籠る浦島太郎

13年の米国駐在を終え帰国した私は浦島太郎になっているだろうと想像していた。ところが、私が目にしたのは変わらぬ日本の有り様だった。

本社ビルこそ移転したものの、働き方、ものの考え方といった本質的なところは十数年何も変わっていない。本社こそがグローバル潮流に隔絶された竜宮城、役員や幹部たちは竜宮城に籠る浦島太郎ではないかというのが復帰の第一印象だった。

会社統合に舵を切った危機感や問題意識はどこに消え去ったのか。統合で問題が解決したとでも思っているかのようだ。

コニカとミノルタが統合に踏み切った事情を整理しよう。

どんな事業にも寿命がある。テクノロジーの進化に伴い商品や事業形態は時には進化し時には消滅していく。コニカが祖業とした銀塩フィルムとカメラ、ミノルタがその名を馳せた一眼レフカメラもアナログ画像処理だ。新たなＣＣＤレンズを使い映像情報をデジタルデータに変換するデジタルカメラでは銀塩フィルムは必要ない。画像データは半導体メモリに記録蓄積される。デジタルカメラには従来の高い光学技術を要するレンズも必要ない。プラスチックレンズで事足りる。画像の解像度もあっという間にアナログに追いつき追い越した。テクノロジーの進化によってコニカ、ミノルタが祖業としてきた商材、事業がその価値を失ったのだ。コニカもミノルタもデジタルカメラを開発した。しかしデジタルカメラの心臓部ともいえるＣＣＤ技術を持っていなければ勝負にならない。社員が共有する無念の思いは別として、事業撤退は止むを得ない合理的経営判断であったと思える。

その時点でコニカもミノルタも会社の事業構成としてはカメラやフィルムの占める割合は既にかなり縮小しており、複合機を中心とした事務機器メーカーとなっていた。複合機技術のベースは米Xerox発祥だが、１９９０年代以降は日本メーカーの独壇場で世界中のシェアを日本メーカーが独占する一大輸出産業となった。業界内でのコニカ、ミノルタのシェアは劣位であり両社の統合は規模による効率を求める策であった。カメラ、フィルム事業から撤退し、中心となる複合機事業の規模を拡大する有効な一手だ。しかし、統合してもなおコニカミノルタの業界ポジションは上位には食い込めていない。本社では統合の実質的効果以上の夢を見たのかもしれない。

海外から見える風景は違う。ＫＭ統合後もマーケットシェアは業界４位にも届いていない。

販売現場の感覚から言えば、２００３年の統合時に複合機業界は既に事業のピークを迎え過当競争に陥っていた。プレーヤーが多過ぎるのだ。コニカとミノルタの統合は業界再編のトリガーに過ぎず最終形ではない。海外にいるとそのことが冷静に見える。

折角日本企業が牛耳る数少ない産業にもかかわらず、日本企業同士が縦割りの自社開発、生産、販売、サービス、物流をそれぞれ個別に担う。お互い類似商品をぶつけ合い価格を棄損していく。初期段階においてはその競争が技術を高めコストを下げユーザーの利益をもたらす健全なサイクルが回る。しかしその健全サイクルは無限ではない。どんな事業にも寿命がありピークを過ぎれば健全な競争もいつしか過当競争となる。

一方産業界全体を冷静に見渡せば、日本が独占する数少ない複合機という自動車産業にも似たすそ野の広い産業をより効率的に運営し延命する方法はある。

海外では一つのメーカーのみを扱う専業販売店は数えるくらいしかない。皆複数のメーカーの中からブランドを組み合わせ、各メーカーに競わせ自己の利益を最大化する。

そして伸びしろが無くなると日本メーカーにM＆Aを持ち掛け高値で売り抜け夢のリタイア生活を送るのだ。現地従業員も割り切っている。待遇次第で業界内を渡り歩き年収を上げていく。日本のメーカー社員が薄給に甘んじ死ぬほど働き供給する複合機事業で世界中にどれだけの億万（数十億〜数百億円）長者を生んできたことか。

海外で長く働いた私の目には日本企業、日本人が搾取されているように思えた。


私は帰国後販売本部長というポジションで事業部門に復帰した。事業部門の人間は毎日海外と電話、メールで連絡を取る。月に数回は海外出張する。絶えず海外から訪問者があり、顧客とのMeetingや会食は数えきれない。定期的にGlobal会議も主催する。要はGlobalビジネスにおける現場感の中で仕事をしている。一方同じビルに居ながら本社部門の役員、スタッフの仕事は違う。本社を竜宮城と呼んだがそれは外の世界と隔絶しているという意味であり、本社には鯛やヒラメは舞い踊りしていない。彼らの仕事は事業計画や実績を数字と事業部門から集約されてくる文字情報で管理することだ。上司、同僚との社内コミュニケーションがほぼ全てだ。大量の情報を収集し、分析し、集約し、共有報告し、トップ指示を受け修正し事業部門と調整し、猛烈に働いているのだ。ただ残念ながらそこには直接的なGlobalビジネス接点はなく、ビジネス現場感や世界の潮流の肌感覚を得る機会はない。会社トップの側近として重要事項の決定に関与する本社役員や幹部スタッフが世界のビジネス潮流から隔離されている状況はグローバル企業を謳う本社の有り様としては如何なものか。

本社組織のもう一つの問題は〝忖度〟だ。忖度は、故安倍首相時代のモリカケ問題で話題となった。海外においても忖度が全くない訳ではないが、日本のそれは度を越しており、長らく日本に根付いた行動様式かもしれない。江戸時代、将軍を頂点とするピラミッド組織と上意下達の組織文化の中、面従腹背と忖度という武士の行動様式が定着したのではないか。戦に明け暮れた戦国の時代と比べれば平和が長く続いた江戸時代であるが、この間日本は鎖国により世界からは隔絶した内向きの社会であった。戦国時代のような領地の統廃合もなく、海外からは隔絶し幕府内の内向きの社会で上のみを見て忖度する文化だったのだろう。

業界の統廃合もなく、社内の狭い世界に安住し上を見て忖度経営をする日本企業文化を竜宮城シンドロームと呼ぶのは言い過ぎだろうか。政治の世界も同様と見える。

ピラミッド組織は大きいほど硬直し、上意下達と忖度がはびこるのは道理。これを情けないと一刀両断するのは簡単であるが、事はそう簡単ではない。

トップに自分の意見を伝える事は上司への裏切り行為ではない。むしろトップが知り得ない現場の真実を伝えることこそ現場を預かる者の大事な仕事だ。その上での最終判断、決定には従えば良い。この考え方は欧米ではむしろ当たり前であり、結果責任はトップが負うので筋が通っている。残念ながら日本企業では経営責任をうやむやにする傾向があることが問題だ。トップも難しいと感じている案件を部下が忖度してやります、出来ますと請け負う。その場は収まりトップも喜ぶ。しかし無理なものは無理。結果はうまくいかないが誰も責任は取らない。結局責任が曖昧な日本社会は忖度が根付く土壌なのだ。

ここで重要な問題は、面従腹背で異議は唱えないが本音ではトップの不見識を見下している部下の態度だ。皆がこのような態度でトップに接するとトップは裸の王様になる。

委員会設置会社だの社外取締役だの形だけのコンプライアンス監督体制では核心に手が届かない。これは執行に責任を負う社長と直属部下の真剣勝負でしか解決しない。

私は6年務めた販売本部長から退き、日本国内に展開する各事業別販売組織をひとつに束ねたコニカミノルタジャパン株式会社を設立し初代社長に就任した。

コニカミノルタでのキャリアの最後を販売会社のトップで終えることが出来た。私はこの会社の社長を4年務め2020年に退任した。

事業環境変化に追いつけなくなりつつある自らの限界を自覚し、害をなす前に退くべしと決断した。幸い、私より若く有能で欧州のトップ経験もある逸材を後任に迎えることが叶い、安心して退任出来たことは幸運であった。

私のコニカミノルタでのキャリアを締めくくるにあたり発した二つのメッセージを掲載したい。一つはコニカミノルタの役員を退任した際のもの。もう一つはコニカミノルタジャパン社長を退任した際のメッセージだ。役員メンバーにはアメリカ人とフランス人の二人が居た。私は仲間であった海外の二人に敬意を表し英語でスピーチをした。

「I am grateful」（本社役員退任挨拶）

Good afternoon, ladies and gentlemen.
Thanks for having me at this executives' party.
Although I have resigned as the officer of KMI, I will continue to work for KMJ.

I commit myself to evolve KMJ to be a great contributor for Konica Minolta group.

In 1979 I joined Konishiroku which was a film and camera manufacturer.
The company was chasing the tail of Kodak, most well known brand in the world.
Konishiroku had already entered into the copier business by following Xerox.
Today, 40 years later, Kodak is invisible in the market and Xerox is on the discussion table for sale. I am so proud of the fact that we Konica Minolta is still here to survive and evolve as a global innovator.

In my career I have always been engaged in global business and so many things have come through my life. The most exciting and difficult event I had was the assignment as President and CEO of BUS, at the time of KM merger.
To merge two big companies into one is absolutely a tough challenge in every aspect.
In addition, so called Lehman Shock also occurred at the worst timing then.
That was truly CHAOS that I had ever experienced.
Indy and Rick worked together with me to overcome the nightmare.

Please let me express my deepest respect to you, Rick and Indy.
I feel you guys are my fellow soldiers.

The best thing that happened in my career is the friendship with so many wonderful people in the world. Even after I retire from KM, I hope the friendship will continue.
Especially with Jean Claude Cornillet, because I need to fill my small wine cellar with nice French wine.

As closing,
I wish great success of Konica Minolta and the management team.
I leave my warmest heart always with you.

Thank you all.
Jun Haraguchi

ＫＭＪを退任するにあたり社員に発したメッセージ。

ＫＭＪ社員の皆さん、
ＫＭＪ発足以来４年間にわたり大変お世話になりました。ありがとうございました。入社以来情報機器の海外ビジネスに従事してきた私にとって、ＫＭＪでの４年間はヘルスケアやセンシング事業を学び、改めてコニカミノルタの立ち位置を考える良い機会となりました。
また、皆さんとのふれあいによって日本人の美徳、日本の良さを再認識させて頂きました。
退任に際し、平成を振り返り令和への希望を所感として発信しご挨拶とさせて頂きます。

この30年で起こったこと
１９８９年、日本の年号は昭和から平成に変わり、消費税が導入された。ドイツではベルリンの壁が崩壊し東西ドイツが統合された。中国では天安門事件が起こり、鄧小平から江沢民へ。
Bush（父）が湾岸戦争を仕掛け、後の９・11及び泥沼のテロとの闘いが始まった。
その後、ＰＣ、モバイルの普及とInternet革命で世界はデジタル化社会へと変貌した。

日本では高度成長期が終焉し、91年にバブルが弾け、長い停滞のトンネルへ。

２００８年、世界経済は行き過ぎた金融資本主義への警鐘となるリーマンショックを経験。

Global化の反動ともいえる民族・宗教対立が激化し世界各地で不寛容な争いが勃発。大量の難民が発生し周辺国に流入。先進国では過激なポピュリズム政党が台頭し自国Firstで国際社会への扉を閉ざす。Brexitが象徴するように、世界は分断の危機にある。

世界が経済成長という欲望のアクセルを踏み続けた結果地球環境は急速に悪化。今こそ人類の人類たる所以である理性のブレーキが地球に暮らす全ての個々人に問われている。

未来への視座
持続可能な社会とは、大量生産大量消費から循環型適性消費で廃棄物を出さない社会への移行。
ＫＭＪに出来ることは、大量消費前提の差別化競争から脱し循環型の社会価値を生み出すこと。

例えばこれまで見えなかったものの見える化診断と医療ＩＴを融合した医療の高度化と効率化。

外観検査やガス検知といった見えなかったリスクの見える化計測で社会の安全を守る事業。

世界中の複合機をインフラとした〝知の共有プラットフォーム〟という未来の価値創出。

これらをOne KMの価値として統合していくこと。是非みなさんの手で実現してください。

ＫＭＪの更なる発展、社員の皆さまとご家族のご健勝ご多幸を心よりお祈りいたします。

２０２０年3月31日

原口　淳

昭和の高度成長期以降、失われた30年と呼ばれる平成時代、世界が成長する中で日本だけが取り残されたという文脈が正しいのかには疑問もあるが、仮にそうだとしたらその要因は何か。それは世界の産業構造が農林水産を柱とする一次産業から鉱業や製造業を中心とする二次産業へ、そして金融、ＩＴを含むサービス産業である第三次産業へ移行する中、日本が得意とする二次産業分野から三次産業への移行が遅れたことにあるだろう。

特にアメリカが先行したＩＴ産業においては日本の存在感はない。何故だろう。日本が得意とする製造業では開発から生産までを自社で行う縦型組織が向いている。日本社会の同一性が活かせる分野だ。一方多種多様なエンドユーザーを対象とするＩＴビジネスでは多様性が求められ同一性はむしろ弊害となる。高度成長期に成功体験と共に確立したオジサンのオジサンによるオジサンの為の政治体制、企業組織は強固で、オジサンがしがみつくという理由のみならず女性側もそれで良しとするところがある。欧米での女性の権利はある日突然男性が女性に譲った訳ではない。先駆者の女性たちが迫害されながらも闘い獲得していった歴史がある。

日本社会における多様性欠如は女性の進出の遅れだけではない。外国人の受け入れが極めて限られているし、いまだに派閥や学閥に拘る人々が多く存在する。同類の仲間で群れるのが好きな国民性なのかもしれない。人種、国籍、性別、年齢、学歴等の壁を打ち破るという多様性の考え方もあるが、そういう型にはまった分類にかかわらず、個人の特性を認め合うことこそ多様性の原点ではなかろうか。

論点を整理する。失われた30年、経済的成長が出来なかった要因は成長産業であるＩＴ、金融といった主戦場で武器となる人材の多様性を欠いたこと。そしてより本質的な課題は日本社会の質的成長が達成出来なかったことだと思う。

子供の成長も身長が伸びる時期と体重が増える時期が交互に訪れる。企業でも売上は伸びるが利益が伴わない期間もあれば、売上が低迷する中利益が積み上がる期間もある。経済成長の観点では低迷期であったとしても、その期間に近代日本の歴史を総括し、反省すべき事実に真摯に向き合い、少子高齢化に適応する社会の在り方に変革の舵を切れたとするなら、長い目で見れば表向きの経済成長以上の意味がある。残念ながら、政治でも経済でもそういう本質的な社会の未来作りには手を付けられていない。

第五章　日本という国の骨格

8月15日の終戦記念日になると毎年戦後特集番組が放送される。その大半は戦争の残した悲惨さにフォーカスし反戦の誓いの大切さを訴える内容だ。敗戦国日本を戦争の被害者と位置付けた構成に個人的には疑問がある。日本は敗戦国と同時に開戦国即ち加害者であるという視点が見えない。戦没者慰霊式での岸田首相のメッセージ、「戦没者が国を守り戦後復興の貢献者」と位置付けた文脈に違和感を覚えた。一方天皇陛下のメッセージには、以下の二つの歴史的事実を踏まえた反省と感謝が込められており真摯な内容だと感じた。

①戦争を引き起こした責任は日本にあり、日本は被害者であると同時に加害者である。
②戦後復興は戦禍を生き抜いた国民の努力によって築かれたことへの感謝。

日本は明治維新後、世界の列強に並ぶ軍事大国を目指してきた。明治には中国との間で朝鮮半島の権益を巡る日清戦争、ロシアと日露戦争を行い勝利した。その後も日本軍の満州統治に端を発する満州事変、日中戦争、大東亜戦争そして1941年に日本が真珠湾攻撃、マレー半島に侵攻して始まった太平洋戦争に突入し敗戦したのだ。

その間、日本は侵略国として中国、アジア諸国を蹂躙してきた。しかしこの事実は戦後の教育から抜け落ち、ドイツが戦後行ったような総括や真摯な反省は行われなかった。アメリカと戦い焦土と化した日本、広島、長崎での被ばく体験のみが無残な敗戦国としての記憶に焼き付いている。焼け野原で敗戦を迎えた国民感情としては当然のことであるが、日本軍に蹂躙されたアジア諸国の国民感情、痛みを忘れてはならない。

戦後の日本社会の骨格を作ったのはマッカーサー率いるアメリカのGHQだ。このことはNHKの『映像の世紀』という特番でその詳細を知った。

国の骨格となる日本国憲法は日本政府ではなくGHQによって作られた。日本政府が作った草案は明治憲法（大日本帝国憲法）の焼き直しであり、国家の主権が天皇にあり、天皇を元首とするという戦争の大義となった憲法の核心には手付かずだったのだ。そこで急遽マッカーサーの指示でアメリカ人の手によって新日本国憲法の草案が作られた。そこに示されていた三大原則が、「国民主権、基本的人権の尊重、平和主義」である。マッカーサーは軍事国家であった日本を二度と戦争を起こさない民主国家に作り変え、アメリカと民主主義を共有するアジアのリーダーに発展することを望んだのだ。

ＧＨＱによる戦後日本の改革は新憲法作りに留まらない。

女性への参政権付与
労働組合の設立
軍国教育を排した教育の自由化
圧政の撤廃と政治犯の釈放
財閥開放と経済機構の民主化
農地改革による農民による農地の所有

明治維新以降軍事国家であった日本を、マッカーサー率いるＧＨＱは6年8か月で民主国家に作り変えたのだ。

戦勝国である米英ソ中による日本分割統治というオプションもあったことを考えると、アメリカＧＨＱによる統治は日本にとっては幸運であった。

米英ソ中による連合国対日理事会での新日本国憲法紹介にあたりマッカーサーはこう述べている。「戦争放棄の理念は世界の進むべき道だ」

彼はアメリカ大統領選に立候補し敗れるが、もし大統領になっていたらどういうアメリカを目指しただろうか。

それから80年、2023年現在のアメリカは日本をどう位置付けているのか。

アメリカが標榜する民主主義というイデオロギー、経済連携に加え、軍事面でのパートナーとしての位置付けが強まった。マッカーサー構想からはかなりかけ離れてきたように思う。

ブッシュ（父）時代の湾岸戦争頃からアメリカは日本に軍隊を持つ同盟国として戦争に加担することを望むようになった。日本国民はこれにどう対応するかを自ら考え選択しなければならない。アメリカ寄りの政府になし崩し的に引きずられてはならない。日本人は日本をどういう国にしたいのか。国民が今問い直すべきことは何か。

軍事国家になるのか否か。

アメリカの核に頼るのか否か。

アメリカの基地を維持するのか、撤退してもらうのか。

日本が自ら戦争を始めるとは考えられないが、アメリカに巻き込まれる可能性は十分にある。

そもそも資源に乏しい極東の島国を軍事侵攻して占領したい国があるだろうか。日本が攻撃される理由があるとすれば、唯一アメリカ軍基地があるからだろう。中国もロシアも北朝鮮も対立しているのはアメリカであり日本ではない。日本が標的になるのはアメリカの一部または軍事同盟国と見なされた場合だろう。

アメリカとは民主主義を共有する経済パートナーではあるが、軍事同盟国になってはいけない。ウクライナの問題は歴史的背景を持つ欧州の領土問題であり、日本はその戦争に加担すべきではない。日本のウクライナ支援は人道的分野と復興のみに限るべきだ。台湾問題も日本が立ち入る余地はない。麻生老人が戦う覚悟などと発信する暴挙を許してはならない。日本はアメリカの51番目の州ではない。独立平和国家として、経済と文化交流によって世界の国々、特に近隣諸国と友好的な関係を築くべきだ。それを難しくしているのはアメリカとの同盟関係だ。

アメリカと対立する必要はない。軍事以外の面では最高のパートナーであれば良い。しかし軍事に関する限り明確に一線を画すべきだ。欧州との関係もしかり。G7であることと不戦を誓う国であることに矛盾は生じない。この大事な問題の議論をタブー視せず、自分事として考え国民が投票により意思表示をする必要がある。そのことによって戦争を起こす大きな要素である権力の集中を避けねばならない。太平洋戦争に従軍した父を持つ戦後生まれのオジサンは、13年アメリカに住んだ体験を踏まえ、かつて憧れの対象だったアメリカの今に疑問を持ち、日本の立ち位置に懸念を拭えない。

戦争の他にもう一つ世界が直面する地球規模の課題がある。

世界中で地球温暖化による気候変動に起因する災害が多発している。まして日本は地震大国である。少子高齢化と人口減少も進む。自然災害は止められない。

どうする家康、いや日本。

復興の着眼点

東日本の震災復興において、政府は一体いくらの税金を投入して何をしたのだろう。

津波の再来を想定した巨大な防波堤の建設。人の戻らない住宅地の整備。結果として地元復帰を断念し新たな土地で生活基盤を築いた人と、かつての街並みとは程遠い寂れた新居住区に戻った住民とどちらが将来への安心を得られたのだろうか。

福島原発崩壊も同様。先の見えない問題の収束。汚染水、汚染土の問題。政府の対応は対症療法的処置に終始しているように見える。

福島に限らず、異常気象により日本の多くの地域で河川の氾濫、土砂崩れが起こっている。今後も災害の頻度や地域は拡大していくものと考えられる。

過去の災害復興失敗事例の現実を踏まえ、より有効な復興モデルを作るべきではないか。

自然災害が多く、人口減少が進み、道路や橋等の社会インフラの老朽化が進む日本は、国家レベルの課題として環境先進国に舵を切る今がチャンスだと思う。世界に先駆け、環境性能の高い街づくりを地方都市及びその周辺から始め、東京一極を緩和するといった社会インフラ再構築の国家像を描き進める政治を望む。

世界の道標となる日本へ

平和国家を標榜する日本国憲法の基本理念である三大原則は守られているだろうか。

国民主権は、議会制度と選挙によってシステムとしては機能しているが、政治家の数と質、野党の存在意義、有権者の意識に問題があるように思う。

基本的人権の尊重に関してはどうだろう。

進まぬ難民の受け入れ、名古屋出入国在留管理局でのスリランカ人女性死亡事件に見る驚くべき実態、ＬＧＢＴに関する法整備の遅れ、ジャニー喜多川問題に関するマスコミや社会の沈黙、自衛隊でのセクハラ、学校でのいじめ、会社でのパワハラ、例を挙げればキリがない程日本社会と私達日本人には人権意識が大きく欠けているのではないか。

人の道を説く『論語』など東洋哲学を学び直すのも良いかもしれない。

平和主義に関しては、政権のアメリカ寄りの立ち位置にきな臭さ、危うさが漂う。

変革が必要なのは憲法ではなく、国民の意識と行動だ。

さて世界に誇れる日本の姿を思い浮かべてみよう。

戦争をしない国
人権が当たり前に守られる社会
倫理ある経済活動の先進国
自然に寄り添い暮らす持続性のある地域社会
自然災害に強い都市設計
世界の友人と信頼される国

戦争に関しては先に述べたが、先ずはタブー視せず広く国民間で議論し、コンセンサスを醸造することから始めるべきであろう。

環境問題、災害復興に関して言えば、税金の使い道に政治のリーダーシップが問われる。倫理資本主義の領域は不戦の立ち位置、環境問題にも深く関連し、日本が世界に先駆け取り組むべき領域だと強く思う。


先ずは無駄を排した産業の強度を上げる必要もありそうだ。

企業や事業の統廃合、業界再編による産業再生は欧米では当たり前のことである。将来性、持続性を欠く事業や企業に補助金を出し延命させるべきではない。

事業や企業が再編されれば職を失う人も出てくる。しかしそれは仕方のないことだ。事業として成立していない以上自力で存在している訳ではない。自立出来ない事業や企業、そこに働く人たちは社内失業者だ。力あるものは転職すれば良いし、そうでないものは他に自分が活きる仕事を見つけるしかない。下手な同情論や拙速な補助金のばら撒きは傷口を大きくするだけで根本的な解決とならない。現実を直視し、ゾンビ事業、企業は淘汰され、人材が流動化する社会にする方が健全だ。無駄な補助金や復興予算、国会議員の数を減らせば、人材流動化を支援する結構な予算を確保出来るのではないか。事業、企業の集約で出てくる余剰人材を農業、林業、水産業の再構築に振り分け日本の食料自給率を向上させることが出来ないだろうか。

コロナ禍で働き方の多様性に気付いた日本で、若い世代が結婚し子供を持ちたいという人として当たり前の希望が無理なく叶えられる社会の実現に向けて何をすべきか。

共働き夫婦や片親家庭の子育て、介護の負担を地域の世代間で助け合う共存社会が実現出来ないものか。

政府には、展望なきばら撒き政策を改め、腰を据えて世界の道標となる日本の国家像を描いて欲しいものだ。優秀な官僚の英知を無益な政治家の国会答弁想定問答集の作成に浪費せず、未来の日本のグランドデザイン策定にこそ力を注いで欲しい。

人口減少にともない大学も選別、淘汰の流れが避けられない。日本ならではの特色を持って世界から優秀な人材が集まる開かれた大学への変革、進化が求められる。

医療データをベースとした未病サイエンス。

社会の細胞である家庭の再生の為のシチズンサイエンス。

行き過ぎた、そして行き詰まった資本主義を修正する倫理経済学。

共存を理念とする地域社会システムの実践。

日本ならではの研究テーマはたくさんありそうだ。

地域毎に産官学が手を組みチャレンジし、失敗を含めた事例を共有し学び合う。そして再チャレンジを繰り返す。その姿勢こそが混とんとする世界の道標になるかもしれない。


マッカーサーがアメリカに帰国後の議会での引退スピーチで次のように語った映像が残っている。「老兵は死なず。ただ消え去るのみ」で有名なスピーチだ。

「日本ほど穏やかな秩序があり勤勉な国はない。日本ほど将来人類の進歩に貢献することが期待できる国はない」


ＧＨＱ統治がなかったら、日本は民主国家になっていただろうか。

結局、日本は外圧が無いと変われない国なのか。いや、そんなことはない。

是非マッカーサーの期待に応えたいものだ。


政治家に女性のみならず外国人枠を設けてはどうか。英語の構文は、主語、述語、目的語がないと文章にならない。論点が明確になる。国語、道徳、一般常識の試験を導入した方が良いのではと思われる議員さんもおられる。思い切った世代交代、世襲の制限、年齢による足切りも必要。政治改革は国民の責任だ。政治のレベルは国民のレベルの鏡でもある。

欧米のような市民革命が必ずしも正しいとは思わない。日本らしいやり方で良い。血を流さず、穏やかなやり方で良いので、志ある若い世代に政治、経済のリーダーシップを奪い取って欲しい。大多数のじーさん、ばーさんは応援すると思う。

結章　浮雲の如く

植木屋転身

地球上の生物の総重量の99％は植物だそうだ。植物が居なければ他の生物は生きていけない。植物は自ら動かない事に決めて進化を遂げ、動物は動くことで命を繋いできた。『植物は〈知性〉をもっている』というイタリア人植物学者の著書に感銘を受け、植物関連のフィールドは後半人生のテーマに良いとの思いが芽生え、先ずは身近な樹木の事を学ぶ目的で通信教育を受講。「庭園管理士」の資格を取得。実技習得の為に地域のシルバー人材センターの植木班に入会し、ベテラン親方に付いて修業開始。

植木班は総勢30名程度、ほぼ70代で最年長は87歳。当時66歳の私は2番目に若い。

作業中に「そこの若いの」と声が掛かり、一瞬周りを見回し他に誰もいないのを確認し、ようやく自分の事かと気付く。新鮮な驚きだ。

70代の植木職人のみなさんの元気とパワーにはびっくりする。重い脚立や梯子を難なく担ぎ、6mを超える高木にハーネス付けてよじ登り、太い枝をのこぎりでバッサバッサと切り落としていく。相対的に若い新米は切り落とされた大量の枝葉を70㎝弱に切り揃え、荒縄で縛り束を作っていく。20束も縛る頃には腕力、握力の限界。新米は10束縛るのに1時間掛かるが、親方は20分足らずで終わらせる。凄い。

代表的な庭木だけでも数百種あり、それぞれ発芽期、開花期により剪定時期や方法が異なるので知識も大切だ。樹木の剪定は剪定直後の見た目もあるが、枝葉が伸びた将来の樹形を頭に描いて作業する美的センスが求められる。この辺りが職人仕事の醍醐味、魅力でもある。

66歳で始める仕事としては正直、体力的にも技能習得の難しさからもハードルは高い。これを書いている時点で植木を始めて2年半となるが、まだまだ新米の域を出ない。

会社勤めの後半は、アメリカと日本で事業会社の社長を通算10年近くやったが、使うのは頭と口先だけ。自分でやれることはほとんどない。全て誰かに指示し、お願いしてやってもらうしかない。社長が頼めば社員が何でもやってくれる訳でもない。本人が納得し、本気にならないと結果が出るような仕事はしてくれない。自分では動けない仕事の集大成の責任は負わねばならない。社長業も傍で見る程楽じゃない。とはいえ社長は会社では甘やかされる。有能な秘書さんに恵まれると、スケジュール管理、出張手配から場合によっては管理職の教育的指導までやってくれる。現役時代は妻もそれなりに気を使ってくれ、家の事は一切お任せだ。こうして退任時には、自分では何もしない、出来ない生活力のないオジサンに堕落した自分に気付かされる。

植木の仕事を始めると、堕落退化した精神と肉体が鍛え直される。枝葉をチョンチョン切れば済む仕事ではないのだ。先述の通り、大きな枝は切り揃え荒縄で束にする。庭中に散乱した枝葉を、狭いスペースに密集する樹木をかき分け、這いつくばり、泥だらけになりながら掃除するのだ。椿の葉に茶毒蛾の幼虫でもいようものなら、全身に赤い発疹が噴き出し、痛みと痒みで3日間夜も眠れぬ。私は計6回茶毒蛾にやられたが、そのうち3回はかなり重症で、皮膚科で点滴を受けた。スズメバチの巣に出くわすこともある。

猛暑日の炎天下の作業は命懸けだ。6時間の作業中に4Lの水分を補給してもトイレに行かない。ラグビー選手並みだ。シャワーを浴びたように全身汗で作業着が体にまといつく。

子供の時以来、背中にあせもが出来、これまた痒い。肉体労働はきついが、その後に楽しみが待っている。なんといっても植木仕事の後のビールは格別に美味い。旨いビールを飲む秘訣は銘柄選びでも注ぎ方でもない。体を動かすことだ。お洒落に楽しむシャンパンと生ハムも良いが、植木仕事の後のビールと柿の種には遠く及ばない。生きている実感を感じる1杯なのだ。かんぱーい。

手先が不器用で元来ものぐさの私が、中古自転車を改造し、荷台に板を張り付け、その上に大きな荷物入れのかごを、側面には熊手と竹ぼうきを差す為のパイプを取り付けた。植木号の完成だ。腰道具と呼ぶ、植木ばさみ、剪定ばさみ、のこぎりの3点セット、刈込ばさみ、更には電動バリカン、10mのコードを2本、高木用のハーネス、枝ゴミ収集用のビニールシート、荒縄にゴミ袋と掃除道具一式、総重量15kgを自転車に積み込む。

当初慣れなかった地下足袋も半年もするうちにしっくり似合ってくる。自宅のワードローブからスーツは影を潜め、ワークマンの作業着が並ぶ。町で見かける同業者や工事現場の作業員といった地下足袋族に妙に親近感が湧く。不思議なものだ。デスクワークをしていた日々が遠い過去の記憶となっていく。因みに天才バカボンの父親は植木職人だったノダ。

植木屋転身と共に、母校である横浜市立大学の後援会会長に就任した。コニカミノルタジャパン社長の時に横浜市大とは産学連携協定を結び、ヘルスケア領域で医学部と共同研

shokunin

究をしたり、働き方改革研究の為のデータを提供したりしていた。また、国際学部の新入生に国際ビジネスの現場体験を伝える特別講義を5年くらい続けていた。そういう関係で後援会長の打診があり引き受けることにした。後援会の仕事は、大きく海外留学、インターンシップの支援、就職活動支援、学生生活全般（図書、学内設備）があり、中身は多岐にわたる。会長は外部から私が就任しているが、スタッフは大学の職員が兼務している。予算もそれなりにあり、言わば大学運営の一端を担う仕事である。大学時代はアルバイトに明け暮れ大学との接点が薄かった私が、この期に及んでこのような関わりが出来たことに喜びを感じ支援している。最近では懇意にする教授が推進する横浜市と連携した子育て世代の時間貧困を解消するプロジェクトに産学連携コーディネーターという使命を頂き参加することとなった。

横浜には数多くのライブハウスが存在する。同窓会のK会長に案内して頂き、野毛近辺のライブハウスでギターを弾き歌わせてもらっている。

音楽活動のメインはApplesで、定期的に自由が丘のライブハウスで音楽仲間との合同ライブを開催している。福岡ライブの企画もあり、その後には高校時代の同級生と湯布院の温泉旅館で同窓会だ。

植木という新領域で心身を鍛え直し、大学支援活動ではビジネス経験を活かし若い世代との交流を得、好きな音楽の活動の場も広がっている。人生の秋を楽しむ心境を綴ろう。

過去に縛られず
明日の不安に囚われず
今を大切に
自由に
軽やかに
秋空に漂う浮雲の如く
生きてゆこう

おわりに

若い世代へ送るエールとして、コニカミノルタジャパン時代に新入社員に発したメッセージをここに添える。

新入社員のみなさん、
入社おめでとう。
何がめでたいのか？　何故めでたいのか？　学生と社会人の違いは何か？
経済的に自立し、税金を払うことで社会的責任を担う。
扶養家族から社会を支える側への立ち位置の転換は自己実現の起点。
自分の人生を切り開く自由を獲得する一方、結果は自己責任。
会社に対する固定観念を捨てて欲しい。会社は箱ものではなく、創造的活動の場。
組織とは上下関係の相関図ではなく、役割を担う個人の集合体。
大切なことは個々の社員が自分で考え行動すること。

そして自律して成長すること。
みなさんには、仕事を通じてビジネスマンとして、人間として成長して頂き度。

生きる力は知力と（意力＋体力＋速力）の掛け算。
知力とは考える力、経験とともに視野を広げ、視座を高めるべし。
意力とは思いの強さ、情熱だ。
体力の源泉は健康にあり。
速力（スピード感）の源はやる気と危機感。
考える力を養うことで生きる力は強くなる。

私は若いみなさんに対して三つの立場と気持ちを持っています。
社長として、みなさんに成長して欲しい。
先輩として、みなさんに夢を持って欲しい。
親として、みなさんにしあわせになって欲しい。

皆さんのチャレンジと成長を願っています。

原口　淳（はらぐち　じゅん）

1955年佐賀県伊万里市に生まれ、長崎県佐世保市で育つ。横浜市立大学商学部経営学科を卒業、小西六写真工業（現在のコニカミノルタ）に入社。ドイツ、イタリア、アメリカ駐在20年を含め海外ビジネスに従事。アメリカ販社社長、コニカミノルタジャパン社長を歴任。現在は横浜市立大学後援会会長及び産学連携コーディネーターとして大学、学生を支援。

イラスト：なかざわ とも

歌って踊れるサラリーマン
海を渡る

2024年３月９日　初版第１刷発行

著　　者　原口　淳
発 行 者　中田典昭
発 行 所　東京図書出版
発行発売　株式会社 リフレ出版
〒112-0001　東京都文京区白山 5-4-1-2F
電話 (03)6772-7906　FAX 0120-41-8080
印　　刷　株式会社 ブレイン

© Jun Haraguchi
ISBN978-4-86641-742-4 C0095
Printed in Japan 2024
本書のコピー、スキャン、デジタル化等の無断複製は著作権法上での例外を除き禁じられています。本書を代行業者等の第三者に依頼してスキャンやデジタル化することは、たとえ個人や家庭内での利用であっても著作権法上認められておりません。

落丁・乱丁はお取替えいたします。
ご意見、ご感想をお寄せ下さい。